始终如一，坚持不懈朝着目标去前进。

“大国工匠人物传”丛书

孟维

数控机床上的『雕刻师』

付昌惠◎著

中国工人出版社

图书在版编目（CIP）数据

孟维：数控机床上的“雕刻师”/付昌惠著.—
北京：中国工人出版社，2024.4
ISBN 978-7-5008-8417-0

Ⅰ.①孟… Ⅱ.①付… Ⅲ.①传记文学-中国-当代 Ⅳ.①I25

中国国家版本馆CIP数据核字（2024）第070541号

孟维：数控机床上的“雕刻师”

出 版 人	董　宽
责任编辑	陈培城
责任校对	张　彦
责任印制	黄　丽
出版发行	中国工人出版社
地　　址	北京市东城区鼓楼外大街45号　邮编：100120
网　　址	http://www.wp-china.com
电　　话	（010）62005043（总编室）　62005039（印制管理中心） （010）62379038（社科文艺分社）
发行热线	（010）82029051　62383056
经　　销	各地书店
印　　刷	三河市万龙印装有限公司
开　　本	880毫米×1230毫米　1/32
印　　张	6.25
字　　数	61千字
版　　次	2024年5月第1版　2025年6月第2次印刷
定　　价	49.00元

本书如有破损、缺页、装订错误，请与本社印制管理中心联系更换

国之大者，工匠先行

——“大国工匠人物传”丛书总序

在中华全国总工会成立100周年之际，全国总工会宣传教育部、中国报告文学学会、中国工人出版社联合开展了“文艺工作者走基层”活动，推出“大国工匠人物传”丛书，向全国总工会献礼，向广大劳动者致敬！

“知者创物，巧者述之守之，世谓之工。百工之事，皆圣人之作也。”这是中国所见年代最早的关于手工业技术文献《考工记》中对工匠的记载。“工”之责在于造物，“匠”者为能工鼎识者也。

幼时，老家云南昆明大板桥的老街上，从南头到北头，都是大大小小的手艺人，木匠、石匠、焗匠、骟匠、竹篾匠、鞋匠、箍桶匠……空气中飘荡着木匠的刨花香和石匠敲打出来的粉尘，充满着焗匠手中皮带的“吱扭扭”声、骟匠刀下小猪猡的闷哼、箍桶匠皮锤不轻不重的敲击声。老街上的竹篾匠是我的一个表姨夫，他来自四川，有着一手出神入化的编造竹篾手艺。粗壮的毛竹是表姨夫手中的“百万雄兵”，在一把锋利无比的刀的指挥下，被劈成厚薄、粗细不一的篾。表姨夫的本领仅次于撒豆成兵的天神，他能化篾成物，一般家里能见到、用到的器物，他都能用竹篾编出来。母亲曾命我在老街上买一个暖水瓶的内胆，然后去表姨夫的摊位上，坐等他为暖水瓶胆编制一件竹制的外壳。那个暖水瓶至今还在我家老屋的一个角落里。竹篾壳早已被岁月包了浆，虽然久不使用，却依然油润、红亮。这便是我幼时对匠人的记忆。

五千多年的中华历史长河中，涌现出了无数能工巧匠，他们或如明月光照，或如星河璀璨。一代代薪火相传的工匠精神，不仅成就了那些流芳百世的绝世建筑与器物，更是烛照我们通向文明现代化进程的精神之光，是我们文化的自信心、民族的根与魂。

从“嫦娥”探月到“祝融”探火，从“北斗”组网到“蛟龙”深潜，从港珠澳大桥横跨三地到大兴国际机场凤凰腾飞……这些挺起中华民族脊梁的大国重器、世纪工程背后，无不凝聚着万千工匠的心血和汗水，映照着工匠们孜孜以求、拼搏奋进的身影。

本套丛书收录的是全国总工会历年评选出的大国工匠

的人物传记。他们当中有焊接高铁的“工人院士”李万君、打破国外高端设备维修垄断的王树军、让中国锻件立于世界之巅的刘伯鸣、“人刀合一”的顶级钳工李凯军、在高空“穿针引线”的竺士杰、油田里的创新能手刘丽、了不起的“钢铁裁缝”艾爱国、数控机床上的“雕刻师”孟维、让三星堆文物“活”起来的郭汉中……他们有的是传统加工业的锻造者，为了突破技术瓶颈精益求精；有的是新兴制造业的探路者，为了实现精密制造巧思妙想；有的是军工行业的铸剑者，为了打造国之重器默默坚守；有的是民间手工艺的守护者，为了传承非遗文化精雕细琢……他们奋战在国防军工、装备制造、传统工艺等行业的第一线，以久久为功的钻研和创新，造就了一个个传奇。

这些杰出的工匠，尽管行业不同、岗位不一，成长经历各异，但他们都有着爱党爱国、敬业奉献、创新争先的优秀品质。他们耐得住清贫与寂寞，用灵巧的双手和精湛的技艺，数十年如一日地在平凡的岗位上雕琢自己心中的梦想，以实际行动诠释着“执着专注、精益求精、一丝不苟、追求卓越”的工匠精神。“天下大事，必作于细。”工匠精神既是中华民族技艺世代传承的价值理念，又是中国开启新征程，从制造业大国迈向制造业强国的时代需要。

“大国工匠是我们中华民族大厦的基石、栋梁。”2024年3月5日，习近平总书记参加十四届全国人大二次会议江苏代表团审议时强调“树立工匠精神”，指出“没有金刚钻，揽不了瓷器活”，要“把第一线的大国工匠一批一批培养出来”。党的十八大以来，习近平总书记对建设高素质劳动大军高度重视，强调“当代工人不仅要有力量，还要有智慧、有技术，能发明、会创新，以实际行动奏响时代主旋律”，深刻阐述工匠精神“执着专注、精益求精、一丝不苟、追求卓越”的内涵要义，号召全社会弘扬工匠精神，“为全面建设社会主义现代化国家、实现中华民族伟大复兴的中国梦提供有力人才和技能支撑”。

“匠心聚，百业兴。”无论是传统产业，还是新兴产业、未来产业，大国工匠在发展新质生产力的历史进程中不可或缺。随着经济发展方式转型和产业结构升级，中国要实现由制造大国向制造强国的转变，实现由中国制造向中国创造的跨越，离不开广大劳动者的创新和创造，更离不开对工匠精神的继承和发扬，于是呼唤更多大国工匠成为时代强音。

文艺是时代进步的号角，最能代表一个时代的风貌，最能引领一个时代的风气。中国报告文学学会、中国工人出版社联袂推出“大国工匠人物传”丛书，以图书的形式为大国工匠树碑立传，让他们的故事和精神具有更广泛的交流传播价值和长久的史料价值。本套丛书的写作者奔赴大国工匠生活的城市，深入大国工匠工作的厂区、车间、工作室，获取了全面细致的第一手材料，最终将大国工匠的成长、成才故事呈现在读者面前。

“大国工匠人物传”丛书讲述的是个人奋斗史，也描绘出大国工匠的群体形象。可以说，这套丛书是目前国内系统研究众多大国工匠人生轨迹的权威读本，既有对每位大国工匠的整体介绍和事迹梳理，又有具体的事件、案例，全面、生动地展示了大国工匠各个人生时期的工作和生活状态。

新时代是奋斗者的时代，中国式现代化建设新征程这一宏伟事业为广大工匠技能人才成就梦想提供了广阔舞台。每位劳动者都是主角，都可以成为工匠精神的践行者。大国工匠是新时代的最美奋斗者，更是和平年代当之无愧的英雄。

国之大者，工匠先行，向着中华民族伟大复兴的目标砥砺奋进，行稳致远。

是以为序。

目　录

序章 坐标系

一

正午，阳光从天顶洒进古汉画室，福智的灵力渗进青石相扣的壁画上。

课间铃声把一群孩子催出了教室。他们跑出茅村小学，溜进了学校旁边的古汉画室里。他们对着壁画上的人物，挤眉弄眼，吹鼻子，瞪眼睛，吐舌咂嘴。闹上一阵，上课铃声又急切地把他们唤回。他们挨挤着，走出了古汉画室，跑进了教室。

那一天，孟维的老师告诉了他们一个消息，说学校要举办一次画作比赛。可是在上小学三年级的孟维一时之间想不出要用什么来参赛。

下课铃声一响，孟维冲出了教室，随着这一群孩子挤出了学校，又来到了古汉画室。他安静地看着壁画上的人物，摸着画像的眼睛、鼻子、服饰，就像辨识着上古艺人

孟维工装照

的刻度。他听说这些壁画上的人物是用刀雕刻的。他突然想，这要什么样的刀才能雕出如此细致的模样，要是自己也能雕刻出这些画像那该多好呀。

孟维想把壁画画在纸上，交给老师参加比赛，却又不知怎样下笔。后来，他想到了一个办法。他去买了宣纸，买了墨水，和同学们再次去了古汉画室。同学们都在里面跑跳，他却在那些壁画上涂抹。他把墨汁涂在壁画上，又把宣纸覆盖在上面，拓印壁画上的人物。

第一次拓印，乌漆麻黑，一团糟，墨汁涂得过浓了。孟维觉得应该把墨汁涂均匀一些。一次不行，就再来一次，经过多次拓印，终于拓印出洁净、传神的画了。回到课堂，他脸上，嘴巴上，衣服上，手上，全是墨迹。老师问他，是不是掉进墨水瓶了。

孟维盯着老师的眼睛，把宣纸递了过去。老师这才明白他为什么会有一身的墨迹了。

老师看着递过来的宣纸拓片，眉心一动，嘴巴微张，眼睛亮了。孟维想，这下完了，老师生气了。但是老师看着他的拓片，手却伸到了他的头顶上。就在老师的手放在他的头顶上时，他感到了老师手心的温热。他的心像雨露中的绿叶一样舒展着。

老师收下了他的宣纸。不久，消息传来，在学校的画作比赛中，孟维得了一个奖励。后来这群孩子的兴趣发生了转变，经常跟着孟维拓印古汉画室里的那些壁画。百拓不厌。

日月星辰珍藏了他三十余年的光景。至今回望，那些壁画上还留着他童年的墨迹。

正午的阳光，从天顶上洒进古汉画室里，消除了黑暗。孟维伸出他的手，仿佛看到了一手的墨迹。

只是，那双童蒙之手，早已变成了数控雕刻之手了。

二

孟维的证书装满一排柜子，我由此把他二十年来的职业成长，浓缩成点，移到坐标系上。

在孟维的职业坐标系上，我看到了一条心脉，延展着时空的张力，虔诚飞行。

2002 年，孟维进入徐工集团，经过磨炼后，新翅初展，一直到 2023 年羽翅丰满。这二十一年里，他获得的荣誉没有间断过，公司级、市级、省级、国家级拾级而上，从创新能手、技术能手、五一劳动奖章、劳动模范、突出贡献者到市级工匠、行业工匠、江苏省工匠、大国工匠，井然有序。

荣誉早已兑现为成本，融进了孟维所在的徐州工程机械集团有限公司。

2006 年，孟维参加第二届全国数控技能大赛江苏省选拔赛获得第一名。他因此进入国赛，得以到北京再展技艺。在国赛上，他取得了全国第 31 名的良好成绩。

自此，孟维再没有停止飞行的羽翅。他的名字开始归附在了他的创造中。

也是在 2006 年，孟维借助子程序与工件坐标系径向递减配合方式，实现了起重机滑轮加工。他创造了第一个以他名字命名的“孟维滑轮操作法”。这个方法的推广使用，让加工效率提高了数十倍以上。

紧接着，连续数年里，孟维创新不断。2011 年，他主创了《提高套筒加工效率》的项目，为公司带来了真正的实惠。在这个项目里，他发明的工件及刀具，以独立坐标系的方式配合专用定位工装，实现了起重机套筒加工的快速换产，换产时间由原来的 2 小时换一件，降低至 3 分钟左右换一件。加工效率提高了约四十倍。凭借此项目，他的团队获得了全国机械工业优秀质量小组成果一等奖。

这个一等奖，也证明了到底竞赛能给公司带来什么效应。因为公司也要投入一定的经费到竞赛中，购买原材料、购买刀具、支付场地费用、支付老师的费用，这种投入，一度引发了公司内部的争议。有些人认为，竞赛除了带来个人的成长，打通一个职业晋升的通道外，并不能给公司带来当前的经济效益，因而他们不理解公司为什么还要支持这项工作。

公司是从更长远的发展角度来看待竞赛的投入——确实短期内是没有回报，但是通过竞赛可以加快一批更专业化的高技能人才的培养。竞赛，既是个人成长的敲门砖，也是公司发展的需要。

孟维团队以赛促学的成果，在公司推广使用，给予他莫大的鼓舞。同年，孟维又开始主创了《刀具技术的综合利用》的项目。这个项目破解了数控刀具高额费用的困境，为公司节约刀具成本一年累计一百多万元。

这一年的孟维，围绕生产中的技术难题、管理漏洞、环保能源、降本增效、工艺质量做出了技术攻关，解决了问题，取得了时效。他的数十个项目获得了公司年度优秀“八小成果”奖。荣誉接踵而来，他被评为全国机械工业职工技术创新先进个人，被江苏省列入第四期“333 高层次人才培养工程”第三层次培养对象，获得了江苏省企业首席技师称号。

从 2002 年到 2011 年，孟维在他的第一个十年期内，创造了职业坐标系上的第一个高峰。尽管在这个过程中，重重困难曾像一座座大山横亘在他的眼前，让他望而生畏，但父亲的引导、师父的指点、妻儿的相伴、公司的培养，没有哪一个不藏在他的心底，补充着他工匠的元气。

制器之人尚其物，孟维不言其道，只把劲儿攒在他选定的事物上，感知其中的精微。到底什么样的土壤孕育了他的梦想，让他从一株毫苗，长成了一棵合抱之木？

第二届江苏技能状元大赛奖章

第二届全国数控技能大赛全国决赛奖章

三

盛夏的一天，小学二年级的孟维从教室里出来，正好看到院子里空着的秋千。他爬上杨树，把秋千够到手。开始，他坐在秋千上，身子使劲晃动，秋千不动。他身子前倾，差点掉下来。他调整身体，坐稳，两条腿在秋千上乱蹬、乱踹，秋千还是荡不起来。他本能地把双腿往回蜷缩，这一蜷缩，秋千移荡了。后来他又把双腿并拢，同时蹬出去，又同时收回，往后缩。就这样，秋千终于荡了起来。

孟维知道了，力要往一处使。他会荡秋千了。

之后，每天在课堂上，孟维第一个完成作业，然后迅速跑出教室。

孟维后来学会了站在秋千上荡。他感觉秋千在空中旋转，他的身子差不多与地面平行了。他在秋千上看到了院墙外绿色的庄稼和成块的田地，他甚至还看到了那些池塘里的鱼儿。他想，自己也许能从这个围墙飞出去。

那时的孟维不知道天有多高，地有多厚，只知道他的秋千越荡越高，越高他越自豪。他想要飞出去。突然间他像长出了一双翅膀，直接从校园里的秋千飞到了围墙外。

那一次，孟维稚嫩的梦想，差点要了他的小命——他被摔个半死。

从那以后，孟维看到电视上从双杠上飞起的运动员，看到他们能双脚站立在地，他因此下决心也要学会平稳着地。他在院子里练习了好久，他估计着他荡起来的高度，估计着飞出去会有多远，在他每次飞落的地方，他捡一块小石子有时也用一根小树枝做记号。等他的预判轨迹很准的时候，他的身体不知不觉地有了平衡。他决定要从围墙内飞出去。他忘记了第一次的疼痛，这一次他终于从空中稳妥地飞到了围墙外，平稳着地。

三十多年过去了，孟维再回到小学，那个院子改成了六条砖红色的跑道，墙内的杨树不见了，墙外却添了一排笔直的杨树。当年的秋千已经不在，取而代之的是运动的双杠。他想起那年夏天学校院子里那棵茂密的杨树，想起杨树上高高飞荡的秋千。他仿佛看见了小时候那个瘦小的身体还在那个秋千上飞荡。

经年累月，那个秋千上的孩子，飞出了高墙，找到了成长的寓所。孟维在机械制造的机床上，长出了一双蓝色的翅膀。

四

孟维藏纳着工匠的元气，十年如一日。

2012 年，是孟维的梦之年。他三十岁了，走过了他职业坐标系上的第一个十年，开启了第二个十年。

这一年，孟维自制侧刃车刀，获得公司年度优秀奖；消防水炮上下弯管装夹工装，获得了公司八小项目一等奖。同年，他入选了江苏好青年百人榜，获得江苏省突出贡献中青年专家称号，获全国技术能手称号。

在孟维职业坐标系上的第二个十年里，他每年的创新不间断，获奖不断。而他年轻的黑发，早已被心力重置成智慧的白发。在接下来的几年里，他被评为徐工集团优秀共产党员。他解决了加工中的不少难题，并因此获得了江苏省五一劳动奖章。

每一年不间断的创新，促使孟维从一个手艺人成长为一名技术能手。

在制造的坐标轴上，每一个工件对应一个编程。而在坐标的经纬度里，一个编程，一个创造，构成了职业的蓝图。

制造业是国民经济的主体，是立国之本、强国之基，是推动国家从制造大国向制造强国转变的兴国之器。

在孟维的坐标系上，不间断的点，连成了高低起伏、绵延不断的一条曲线。对应着2015年的坐标点，有着孟维的十个事迹，除去个人的荣誉，就是产品研发的推广使用。

在与孟维的交谈中，他只说这是他“运气”好，沾了个“时代的运”以及企业的“新气象”的光。

2015年，孟维主创了《液压离合器自制》项目。这个项目解决了由国外进口价格昂贵、供货周期较长、

江苏好青年百人榜入选纪念章

江苏省五一劳动奖章

后期维护成本高的难题，同时掌握了液压离合器核心技术的自主开发。同年他又主创了《消防水炮数控加工试制》项目。原来消防水炮依靠进口，进口费用高昂，其成本制约着整机的销售利润。因此，他带领技能大师工作室团队，展开技术攻关，完成国内自主研发消防水炮，解决了高昂进口费用的难关。在制造工艺上，取得了突破性的进展，通过了3C认证的现场评审，通过国家消防装备质量监督检验中心的检验，形成了完全自主研发消防水炮产业化能力，显著提升产品竞争力。

2016年，是将创新视为推动高质量发展的核心力量之年，是“中国制造”向“中国智造”转变之年。高质量落在个人的头上，那就是上道工序对下道工序负责，下道工序对上道工序再次检验。

这一年，孟维将时间都投入现场生产的研究中，他一口气主创了《降低缸头体焊接质量反馈率》《降低固定体表面质量反馈率》《G1代起重机新型套筒加工法》三个项目。

在《降低缸头体焊接质量反馈率》项目中，孟维通过设计，制作了一种起重机单缸插销油缸缸头的快速拼点装置，自制缸头体机器人焊接自动专用夹具，编制操作指导书，并对焊接人员进行培训，使缸头体焊接的下道工序质量反馈率由 33.3% 下降至 2.8%。此项目获得全国机械工业优秀质量小组活动成果一等奖。

在《降低固定体表面质量反馈率》项目中，孟维主要通过自制固定体专用转运防磕碰、自制清理相贯孔工装防止毛刺飞边、自制防隔离防护工装实现了固定体转序过程的零磕碰。此项目获得了全国机械工业优秀质量小组活动成果一等奖。

在《G1 代起重机新型套筒加工法》项目中，孟维通过更改套筒 XCT90 的套筒设计，解决了当时的加工难题。

这一年，孟维获得了国务院政府特殊津贴。

在纵横的坐标轴上，每一个点与点相连的线，便是孟维成长的轨迹。

好钢用在刀刃上，孟维是徐工集团第一个获得国务院政府特殊津贴的技术人员，他要把津贴计划着用在刀刃上。

2017 年，孟维取得了国家级技能大师工作室领办人资格。他带领工作室团队，主创了《汽车起重机固定体高效加工法》的系列技术开发。通过关键技术革新，实现了起重机固定体自动化加工。在生产力上，操作工由原来的 36 人减至 3 人，生产效率提升了 10 倍以上，实现降本增效 400 多万元。在质量上，固定体质量保证提升了 0.8 个

大国工匠奖杯

全国机械工业劳动模范奖章

系数，解决了固定体外圆尺寸过程保证能力不足的难题。这一年，孟维获得了江苏省工匠称号。

接下来的几年，孟维参与《磨工》国家职业技能标准编制，负责内圆磨、工具磨等职业技能标准的编写。他的徒弟董恒超获得了第八届全国数控技能竞赛车削中心职工组二等奖。他担任了江苏省高职院校青年企业导师，获得了“机械百名工匠”称号，并再次被江苏省列入第五期“333 高层次人才培养工程”第三层次培养对象。

孟维主导研究的产品，主要涉及起重机产品 XCA1600、XCA1200、QAY1000 等 16 种连接部件。他带领团队研究开发，实现了批量生产，为公司创造了直接经济效益200多万元。

2021年，孟维再度荣获江苏省大工匠称号。

一个时代的发展，必有多个领域的助推，一个行业的兴起，离不开另一个行业的支撑。随着“双碳”战略的提出，全球风电行业的迅猛发展，风电行业超大规模、超大尺寸、超大吨位的吊装，迫在眉睫。为满足风电行业的起吊需求，徐工集团承担了2600吨级的全地面起重机的研发任务。吊装有了新的使命。经过充分调研后，2021年末，徐工集团启动了史无前例的2600吨级全地面起重机的研发任务。然而根据设计图纸，生产出的第一批产品在极限测试中，屡次发生断裂。公司最终把这个任务交给了身经百战的孟维。

就这样，孟维临危受命，担负起了重载转接结构的攻关难题。

面对此次2600吨级的超大起重机，孟维感到前所未有的巨大压力，他将挑战的是一个全球第一的吊装量，并且好多设计指标都没有可以参考的，必须从零开始，摸索前进。

在不断的调研中，孟维发现问题的重心在起重机核心部件的异型螺纹上。“工欲善其事，必先利其器”，针对这个异型螺纹，他特制了十八把刀具，把异型螺纹一段一把刀雕刻出来了。工件在精密，技艺在精湛。当这个银色的螺纹，形体精美地呈现在他的眼前时，那一刻，他整理了一下蓝色的工装，身心轻得像长出了一双蓝色的翅膀。

经过重重困难，2022 年 9 月 2 日下午，孟维用创新方法打造的异型螺纹，终于成功通过极限测试。全球最大吨位的全地面起重机 XCA2600 首吊成功，宣告了全球第一吊。20 个超级大轮胎带着 XCA2600 开往了实战场地。

孟维在他职业的坐标系上，走过了他的第二个十年。他由一个技术能手，江苏首席技师，成长为“大国工匠”。

2022 年，全国总工会寻找大国工匠的推荐表传到了孟维的公司。在公司评审后，又经过层层评审，最终，孟维进入了大国工匠的殿堂。

五

四十多年后，孟维的父亲第一次带着他，来到他的出生地——徐州市铜山区茅山镇檀山村五队。父子俩在附近仔细辨认。

突然，孟维的父亲指着一间小瓦房说：“就是这间，就是这间。”孟维的父亲推开门，摸着墙上橘色的砖块，年过花甲的面容有了无以言表的生动。墙壁的砖块结构简单，下一排，两块砖平放叠加，上一排，一块砖横竖立起。

“这是一八墙。”孟维的父亲摸着墙上的砖说，“合情合理的墙是二四墙，但是当时没有钱，就只能垒个一八墙了。”

这里的一撮土、一块砖、一片瓦，唤醒了封存的记忆。

1982年，时值雨水。在檀山村的这间小瓦屋里，一个男婴的哭啼声，穿透了瓦楞——孟维出生了。但这个家，并没有因这个男孩的出生而稳固。不久后，他父亲和母亲就离婚了。他的抚养权归了父亲，是他奶奶照顾幼小的他。后来他的奶奶身体不好，父亲把他送到了南京的大姨家，直到上小学才接回来。

孟维站在老家门口，指着房子前面的路说：“小时候，骑着自行车，从这儿冲出去，感觉这条路好陡呀，现在看这条路就很宽了。”

站在这条路上，二十多年前父子俩对话的情形，又浮现在孟维的脑海里。

父亲极力劝导：“我给你选了个学校，你就去那儿学点手艺。至少你以后能靠它吃口饱饭。”父亲告诉孟维，为他选择的学校就是徐工技校。

孟维说：“我不想当个手艺人，那和铁匠有什么区别。”

父亲算是表明了自己的决心和态度：“这个学校你要是上后悔了，我给你负责。”

“负责，谁对谁的人生负过责。”孟维这样想着，但把要说的话咽下去了，他怕说出来惹事。他看了眼父亲，说：“你说的没错，但不代表我要接受。”

父亲继续劝道：“无论你在哪里上学，最终都要找份工作。你上技术学校，只要爱学习，能吃苦，以后不管社会怎么变，你都不会被淘汰。”

在父亲多次的劝说下，孟维顾虑到奶奶的辛苦、父亲的奔波，以及每个亲人无奈地被压在了生活之下，动弹不了。终于，他同意了。

此时，孟维看着父亲不再挺拔的身影，他沉默了好久。

孟维小学的一、二年级是在檀山小学上的，后来他转到了茅村小学。在檀山村，孟维见到了他的乡亲，也是他在茅村中学的英语老师——陈老师。孟维在陈老师的跟前，低声说话，他们一起回忆着上学时的情景。这天中午，他和陈老师为争着付一顿饭钱，像是打架一样。

陈老师说："无论你走多远，回到家乡，你就是个孩子。"

到了技术学校，孟维拜见他的实习老师时，舌头变得笨拙起来，说话口吃。

在与实习老师的交谈中，实习老师对我说，孟维是个安静的孩子，做事专注，他研磨的工件无论是从光洁度，还是精度来看都比其他同学要高。而孟维面对他的实习老师，则是个不咋说话的孩子。

孟维想起了他在学校里有过不及格的成绩。1998 年他进入徐工高级技工学校，他认为只要理论学扎实了，考试就没有什么问题了。他忽视了实际操作。第一学期考试，他的理论成绩很好，实际操作的成绩却是不及格。当时全校只有八名同学不及格，其中七名是女生，他成了全校唯一一个不及格的男生。为此，他一度见了同学都抬不起头来。他决心要好好练习实操技能。

孟维想起了老师说过的话——工件靠的是七分刀具，三分手艺。他的进步很快，他研磨的刀具，无论是光洁度还是精度，各个角度都很合理。到了第二学期，他就成了他们班上的先进典型。老师把他研磨的三把刀具放在了学校的展室，做了展品。

今天，在机械制造的事业中，孟维已经成了大国工匠。

2023 年 2 月 28 日，全国总工会和中央广播电视总台联合举办的 2022 年“大国工匠年度人物”发布活动，在中国重要的工业基地——南京举办。

发布仪式上，孟维展示了他所在的徐工集团参与国外建设的三张图。他说：“第一张，是我们的起重机在卡塔尔世界杯场馆当中的一个施工场景。当大家都在观看比赛的时候，而我看到的是，在世界如此大型的活动当中，由咱们中国参与建造的这个场馆。”

足球的世界杯在场内，而中国制造的世界杯，已重置在没有边界的时代中。在大国工匠孟维雕刻的每寸钢铁部件上，留下的是一个手艺人的温度。

第一章 没有选择

望着盖有鲜章的年功荣誉证书，孟维的心有了归属感。他早已不再是二十年前想要吃口饱饭而寻求一门手艺的男孩了。

在徐州这块红色的土地上，伴随着“中国工程机械之都”的成长，十年、二十年……如今孟维已从一个手艺人长成了大工匠。

当孟维把右手放在一身蓝色工装的左胸前，他想起了某一次交流会。那次交流会，很多技术能手都参加了。会前有人提醒他说，不要忘了把所有的勋章都佩戴着，他觉得没有必要把所有的家当都戴在身上，就只挑了一枚戴着。

等到了会场，别人把能挂的勋章都挂在了胸前，而孟维只戴了一枚。后来他发现他的C位牌不知不觉地位移了。有人再次提醒他说，纠正回来。他说，心正了，无论在哪个位都是C位。

虽然孟维取得了数百种证书和荣誉，但是他也因此吃了别人没吃过的苦头。一路过来，他是淡定的，是自如的，甚至他非常感谢天恩，感谢上天赐以良苦，让他有幸尝尽了业有其道的况味。

如今的孟维喜欢手艺人这一身份，因为手艺人有着平凡人的温度，可以不被干扰，可以平静、执着、专注地把灵魂注入每个工件里。

二十年来，在人们的赞叹声中，孟维始终觉得自己只是个手艺人，那些耀眼的光环只不过是追赶光阴的标记而已。就在他感叹时光这把刀，刻下了他的一道道年轮时，他被公司召唤的声音再次提醒，必须把超大吨位起重机XCA2600的核心零部件这一世界难题，以最小的成本解决掉。

于是孟维拉回了思绪，默默对自己说，收回打开的羽翅，把过去的成绩通通忘记吧。此时，在这个不惑之年，面临着这一世界难题，他要敛翅蓄力，准备着再次起航。没有其他的选择，因为这条路早已在他二十年前就选定了。

1998 年的那次选择决定了孟维这辈子的职业走向。

公司搬迁前，孟维在现场进行设备操作

后来，在生活中，孟维知道人生所经的群山必有高峰与低谷，他理解了父亲。

父亲是明智的。要知道，人生的选择本就是一件纠结的事。

在做决定之前，孟维的父亲和母亲已经离异，都有了各自的生活。他跟奶奶一起生活。他心里的想法，想找母亲说，却隔着一段距离。他离父亲倒是很近，要是找父亲说，肯定少不了一场雷鸣电闪，还不如不说，让它从自己的生活中绕过去。但读书毕竟是一件重要的事，总得让父母俩中的一个知道。想来想去，他还是决定告诉父亲。

那天，孟维回到家，告诉父亲，他放弃参加中考了。父亲问他原因，他说全校要打造95%的升学率，他最后一次测试不理想，老师劝他放弃本年度的考试。老师的话就是“圣旨”，孟维因此放弃了。在他的心里，听从不等于放弃，他还会再次来过的。然而父亲平时就要求他，成绩必须保持在班上前十名。看来这次是凶多吉少了。

但这次，恰恰是例外，父亲没有发火。这不像父亲的性格，孟维盯着父亲的脸，想从父亲的脸上找到风雨来临的前兆，会不会有一块湿云在他的脸上，眼睛是不是放出了两道闪电。他观察来观察去，发现父亲的脸也无风雨也无晴。

孟维开始不安，沉默背后必有爆发。

接下来的几天，只要父亲一喊“孟维”，他就立刻答应。结果是什么事也没发生。父亲不和他谈读书的事，让他越来越感到失落，以至于不得不开始安慰自己：“我只是想知道，你对这事的看法，一个父亲对儿子关心的程度罢了。”他叹了口气，继续自言自语道：“反正我决定了，明年好好考。我的事情我做主。”

又过了几天，父亲终于开口：“孟维，去学一门手艺吧。”随后，父亲补了一句：“天干饿不死手艺人，这个谋生路子是靠谱的。”

做个手艺人？孟维压根就没有想过。这与他曾经的理想差距太大了。就算要学技术，不，是科研，也要去那些高校里搞科研。

孟维从凳子上弹起来，说：“手艺人？小敲小打的手艺人，我不。”

父亲继续说：“经过长时间的了解，现在各大公司、各个厂子、大集团的技术工人都衔接不上……”父亲的话还没有说完，孟维就知道父亲要把自己从家向外推了。他大声对父亲说：“我哪儿也不去，我就想明年上个有名的高

孟维（右）与杨玉君厂长参加工程机械中国上海宝马展合影

中，考个有名的大学。”

父亲劝他：“无论你在哪里上学，最终都要找一份工作。你上技工学校，只要爱学习，能吃苦，以后不管社会怎么变，你都不会被淘汰。”父亲曾在电厂上过班，在那个八九千人的电厂，什么样的技术人才都紧缺。

父亲把看到的现实说给孟维听，但孟维还是不放弃复读的想法——他要上一个有名的大学。他告诉父亲，自己的基础本来也不差，只是最后一年里老师换来换去，自己没有用功才导致成绩不稳定而已。其实，他在最后一次测试成绩出来的时候，就开始后悔自己没有好好学习了。

孟维知道读书要努力了。如果再读一年，下一年中考必定会成为尖子生，上个好高中，考个好大学是不成问题的。但被生活压得喘不过气来的父亲极力给他分析：“读三年高中，考上大学还要读四年，七年出来你还得面临就业。就算最终找到了工作，那得晚多少年。再说，形势一天天在变化，七年出来又是另外一个说法。”

孟维自知父亲的话没错——无论在哪里上学首先是找工作，解决生计，这是最基本的生存原则。但他的理想是要上一个体面的大学。而当他看到父亲被生活压迫的身影、渴求解脱一地鸡毛的眼神时，他的心有了一些酸软。

孟维想起了父亲时常跟他讲的那些日子。

父亲出生于1957年，1966年开始上小学，1977年开始工作。工作几年后，他离开单位，自己开小吃店，在火车上卖盒饭，为生活到处奔波。

在父亲一岁的时候，爷爷就去世了，奶奶一人带着父亲、两个伯伯、两个姑姑生活。那时的日子常常是吃了上顿没有下顿，父亲上学是艰难的，他上一年学，要停一年学——停下来参加劳动，积攒一点口粮；等积攒了一些口粮后，勉强能糊上口，又去上学。

然而，时间不等人，困苦的年月终究延误了父亲的学龄。

后来，父亲终于谋到了一份工作。父亲领了工资后，就不再让奶奶吃苦了。他从来不攀扯他的哥哥姐姐。奶奶的生活，包括看病买药全由他一个人承担。后来父亲辞职经营了一个餐馆，可是在那个吃喝都要打白条的年代，父亲的小本生意再也无法透支了。他又开始了东奔西走的生活，努力养家糊口。

孟维记得每到周末，或者节假日，父亲都要塞给他和弟弟各五块钱。父亲说：“拿着去网吧里学习电脑吧。”那是父亲为他和弟弟做的最奢侈的事了。

孟维和弟弟听完就朝网吧里跑。网吧一小时就得花五元钱。五元钱一眨眼的工夫就没了。于是两个人就商量着用一台电脑，一个人玩着的时候，另外一个人坐在旁边指挥。一个小时到了就换上另外一个，一分钟也不超，一分钟也不少，到点就让。就这样，他们凑合了两个小时。父亲总是对他们说，家里买不起电脑，只能到网吧里学习，再不学就跟不上时代了。

看着父亲疲惫的身影，孟维想要自己养活自己的打算在心里又闪了一下。因为他想到了暮年的奶奶——父亲的担子轻了，奶奶的心就不疼了。

孟维第一次有了妥协的想法。他想让父亲早点摆脱生活的困境，让奶奶放心。

奶奶，那是孟维生命中最慈爱的人。无论受了多大的委屈，到了奶奶那里，烦恼就会自然消失。再长大一些，父亲教孟维做一些简单的饭菜。孟维的饭菜一次比一次做得好，他要亲手给奶奶做最香的饭菜。那时，只有和奶奶在一起的日子才是最幸福的时光。

孟维不想让奶奶担心父亲，父亲是奶奶身上掉下来的肉，看到父亲的奔波，奶奶怎么会不心疼呢？

奶奶的心疼了，孟维的心就疼了。他对父亲的看法，由此有了一丝松动。

孟维一岁时就由奶奶带着。后来奶奶身体不好，父亲就不得不把年仅四岁的他送到南京大姨家寄养。

大姨家有稍微比孟维大几岁的一个表姐、一个表哥。孟维能记事以后，只是记得，他听到表姐表哥叫爸爸妈妈的时候，他总在想，自己的爸爸妈妈到底是去了哪里。他天天盼望着爸爸妈妈来接他回家，天天盼，天天失望，他一度吃不下饭，也睡不好觉，身体随之也就弱小了。

后来，大姨家多了一个孩子，生活也变得不容易了。

孟维回想着为生计奔忙的亲人：奶奶、父亲、大姨……他决定遵从父亲给他选定的这条生存之路。他终究还是答应了父亲，选择了徐工技校，并决心要好好学一门手艺。

如今的孟维，没有太高的学历，也不是白领精英，但是他的年华早已融进了制造强国的时代中。如果二十年前孟维的选择是担当家庭的重任，那么二十年后他担当的是公司乃至国家的重任。

第二章 再生父母

每当面对难题时，孟维都会想起他工作中的再生父母——他的师父李建国。一切与师父有关的事物回荡在他的脑海里。

可是师父永远地离开了他，只留下了永远的怀念。

孟维的脑子里一直有个声音在说：“是对的。”这声音空灵、肯定，而又决然。这三个字是师父最后一次联系孟维时留下的一句话。师父要孟维帮忙算周长 350mm 圆的直径。孟维遵守规矩从不问师父的用意，他把答案

55.73mm × 2 给了师父。师父说：“是对的。”

师父的声音永远定格在了 54 岁，他和师娘永远地走了。

孟维接到师父和师娘去世的消息时，整个身子都在颤抖。那是 2021 年 7 月 16 日的上午。孟维正在车间里，师父的师父牛动打来了电话：“你先找个地方，稳着。有个不好的消息要告诉你。”

于是，他从车间走到调度室门口的对面。

牛动说：“孟维，你的师父走了，再也回不来了。”孟维定在原地，他的手拿不稳电话，不由自主地全身颤抖。牛动告诉他，他的师父是在去四川理塘的路上发生了交通事故，一家人都走了，包括师娘，再也回不来了。

过了好久，孟维终于哭了出来。如果没有遇见师父，自己的人生又会走向哪里？在那些伤感的日子里，还会不会有人给他支撑？在他犯傻的时候，还会不会有人给自己台阶下？在那关键的几步中，还会不会有人给他指点一条明路？在他走偏的时候，还会不会有人把他拽回来？

孟维曾在少不更事的年龄，伤透了师父的心。虽然师父早就宽容了他，但是在孟维的心中，无论时光过去多久，他的成就有多大，只要想起那件事就非常自责。

2002 年，20 岁的孟维从徐工技校毕业后，被分配进入徐工集团，成了普通车床的操作工。他被交给了师父。

进了工厂车间，孟维才发现，在学校课堂上学到的知识，与现实生产的技能是有差异的。学校里接触的刀具比较单一，材料品类也比较少，不像工厂车间里的材料类别多，包括特种钢、合金钢，热处理过的，未处理过的，比较复杂。刀具的品类也多，要用什么就有什么，遇到的问题也是一次不同于一次。

跟在师父的身边，孟维留意到师父一小时能做好几个零部件。但等自己一上手，无论怎么做，都赶不上师父。他听师父讲解的时候，觉得很简单，可是自己一上手就不会，他意识到自己是典型的一看就会、一做就错的毛头小子。

师父找来了几十种刀具，要孟维切一段圆管，孟维按照书本上的理论知识，开工切割了。可是这刀一上工件就断掉了，他试了很多次都是这样。刀一把接一把地断了。他为此感到非常着急和郁闷：为什么师父切就好好的，自己去切，一上去就断了，难道师父施展了什么法力吗？

师父看着孟维沮丧的样子，过来提醒他："你看看这钢是不是有问题？"孟维拿着钢材，什么问题都没有发现。这时师父看着孟维蒙头蒙脑的样子，又过来对他说："这

2012 年 5 月 4 日，孟维在北京人民大会堂参加共青团中央活动留影

钢材是淬过火的，属于难加工材料，刀具的硬度又不够，没法儿切的。”

孟维问：“难道就没有办法切割了？”

师父随即告诉孟维，只有把钢进行回炉，把硬度降下来才能再加工。终于，孟维在师父的指导下成功了。

可是，日复一日，重复的操作让孟维觉得生活很无味。在油润的机械中，孟维不再把师父的话当回事。好多时候，师父的话到孟维这里，刚从左耳朵进去，就从右耳朵出来了。

如今师父的话像一声感叹，飘进机床运转的节奏中，碾出了那些刀具的光亮。

徐州的夏天像是十八九岁的小伙子，任性、狂热；而年轻的孟维在机械能的熏烤中，恨不得马上取来一盆凉水，从头到脚冲个爽快。当然这是办不到的，但脱个鞋子总是容易的吧，于是他把鞋子脱了，换上了拖鞋。正当一丝爽意传遍全身时，身后传来了一个严厉的声音。

“工作时间不能穿拖鞋，你不知道吗？”

“知道。”

“那你就是明知故犯了。”

“不就是穿个拖鞋吗？”

“你违反了厂规厂纪。”

“那又怎么样？”

“违反了就得按规矩处罚。”

师父执意要处罚孟维。这时，孟维憋足了一身的气，穿着拖鞋一脚踢过去，把自己的工具柜踢翻了。随后，孟维扬长而去。

孟维早早地回到父亲那里，当时父亲正在家中看电视。见他回来得早，脸上又气冲冲的，就问他发生了什么事。孟维把和师父怄气的来龙去脉说了一遍。孟维说话的同时，拿起遥控换掉了父亲正在看的频道。

父亲沉默了几分钟。然后，父亲脱下了鞋子，朝着孟维的肩膀打去。孟维一惊，赶紧把遥控器递给了父亲，父亲又把遥控甩开了。

“你知道我为什么打你吗？”

“不就是因为换了你的频道？”

“看来你真的不知道你错在哪里了。”父亲又拿鞋子打他的肩膀，“我打你不是因为你换了频道。”

孟维这才明白了八九分，猜想父亲肯定是因为自己和师父顶撞的事情而发火。孟维开始感到自己是真的闯祸了。父亲再次问他知不知道错在哪里了。孟维回答说自己错在不该穿拖鞋上班，违反了公司的规定。父亲认为他反省得不够深刻，追问他是不是就知道这一点儿错。孟维战战兢兢地回答不应该顶撞师父。

等到父亲的气慢慢平息下来，才又面对着孟维，问："什么是师父？"很快父亲又回答了："师父就是你的第二个爹娘。选择了师父，就要像对待父母一样地尊敬他。要是在过去，拜师学艺是要跪拜的。在师父的经久考验中磨炼，直到师父满意了徒弟的人品才会收下这个徒弟。"

父亲严肃认真地告诉孟维，做事先要做人。

孟维不认为父亲的话是对的，他想："在现实中，连生我养我的父母，说离婚就离婚了，在这生活中还有什么人是可以相信的？现在跟我说师父是再生父母，那不是欺骗吗？凭什么我错了就要给别人道歉，而别人错了为什么不给我道歉？在这个家里，我才是需要被道歉的人！"孟维觉得他不必要向什么人道歉。他坚决不道歉。

师父自从拖鞋事件后，像是变了个人似的。除了安排工作，师父和孟维明显疏离了，不再和孟维说话，也不再关心孟维。

孟维也不跟着师父学习工作技能了。有了问题，也不再问师父，而是跑去问其他同事的师父。一开始那些师父也会跟孟维认真讲解。孟维想，跟谁学不是学，少了师父地球同样在转。

直到有一天，孟维再去请教同事的师父时，那师傅问他：“你难道没有师父带吗？”孟维这才发觉自己处在一个尴尬的境地了——自己明明是有师父的，却偏偏不跟师父学。他难以开口解释清楚是他和师父闹了别扭。

在接下来的一段时间里，孟维非常郁闷，他像没有根的浮萍那般，漫无目的地漂着。

孟维开始试着和师父打招呼，可是他发现师父只是冷冰冰地应一声。孟维觉得想要修复自己和师父的关系没有那么简单。同事和他们的师父有问有答，有说有笑，下了班还约着吃把子肉，喝醉了酒还称兄道弟、搂肩搭背。相比之下他感到了莫名的孤单。

孟维终于下定决心要修复师徒之间的关系。他主动向师父示好。当遇到工作中的难点，尽管有的问题不是什么大问题，自己花点心思也能搞定，他还是去请教了师父。可他感觉师父不像从前了，只是讲个大概就不讲了。

孟维在师父的面前说话做事都非常小心。即便如此，师父对他的态度还是冷冰冰的。他知道他和师父的关系快要结束了。

孟维的心掉进了深渊。他不再去找师父，他害怕见到师父。他带着心里的疙瘩告诉同事，他不想在这个地方耗下去了——在这儿，师父不理他，拿钱又少，环境又差，简直是走进了一个死胡同。

孟维决定辞职。那时其实还有另外一件事加速了他要辞职的决心。

有一天，孟维去超市里买衣服。服务人员用手扇了扇空气，说他身上有油的怪味儿。服务员对他满脸嫌弃，传递给他的信息是要他看准了再买，不能试穿。孟维听了之

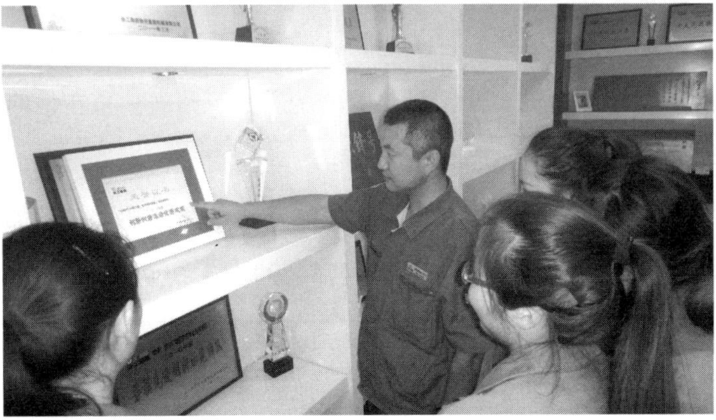

孟维劳模创新工作室建立之初，孟维与工友们交流

后，赌气一下就买了四套同一个款式并且同一个颜色的衣服。他想，买一次可以穿几年，也不必再来商场受歧视，衣服能遮风挡雨就行了。付完钱后，他拿着四套衣服转身走了。从此他再也不去实体店买衣服了，都是从网上购买，而且一买就是好几套。

孟维的情绪持续往下跌落着。正当他打算正式提出辞职的时候，师父找到了他。

师父带给孟维一个消息：“孟维，厂里正准备引进一批数控机床。你可以报个名试试。”这是师父自拖鞋事件后第一次主动来找孟维。孟维顿时全身热血沸腾。除了激动，孟维一句话都说不出来。师父的话是他头顶上打过来的一束光，这束光照亮了他一度灰暗的心。

那一天，孟维觉得工业之城的天空是蓝色的、水是清澈的，他眼里的鱼儿都是笑着的。原来，师父一直在他的身边。师父是关心他的。

孟维决定去向师父道歉。他想好了道歉的话，自己都演练了好几遍。但是当他走近师父的身边，面对师父时，他的舌头在打拌，脸在发烫，那些道歉的话前言不搭后语。他的手不知道该放在哪里，他还是不好意思看着师父说话，他的目光顺着鼻子滑下，他看到了自己的脚尖。

师父看孟维欲言又止的样子，问他还要说什么。他竟只说出了这样一句："回炉，把钢的硬度降下来，才能加工。"师父听完看着他笑了。师父告诉他，数控是个全新的领域，每个报名的学员起点都是一样的，谁跑得快，谁就会跑得远，比的是速度、是耐力，拼的是谁更用功，更钻研。设备在更新，人的知识也要更新，思维也要转变，只有学习才能成长。

这时，孟维像是早晨挣脱迷雾的太阳，仰起脸默默地看着师父。

2003 年，孟维在师父的鼓励下，报名参加了数控机床的培训，他的岗位因此从普通机床操作岗调整为首批数控机床操作岗。

第三章 好马要有好骑手

数控是个全新的技术，主要是用计算机通过数字编程信息来自动控制产品加工过程的机床，这打破了传统的硬件控制的工艺路线。这一项新技术的出现，支撑了批量个性化的产品加工。

孟维是第一批报名学习数控加工的。

对于数控机床，师父也是零基础，但是师父的师父牛动有一些基础。师父把孟维托付给了牛动，要牛动多带一下孟维。孟维对师父非常感激，在师父的跟前喊了牛动一声师爷。

此时的孟维才深深感受到师父是关心、爱护他的，不然又怎么会把他托付给牛动。师爷如果不是看在师父这份爱惜的情分上，也不会去关照这个隔辈徒孙。后来他才知道师父说的一批数控设备，其实也只是购进了两台数控机床。

对于数控，孟维是半路出家的，也没有过系统化、一体化的学习。

孟维上了三天的培训课，就对数控充满了极大的幻想。

那天技术人员在现场挑设备，挑完了设备就给孟维等学员培训。孟维上了三天的培训课，把设备的使用说明书看了个遍，就自以为会干数控了。

孟维迫不及待地启动了设备，大胆地操作着每一步流程，他感觉很顺畅。可是就在他感觉良好的时候，设备的彩色显示屏幕变成了黑白屏幕。他把彩色屏幕弄成了黑白屏幕，还什么都没有了，系统归零了。在慌乱中他切断了设备电源。

孟维的误操作，使在场人员都受到了不小的震动。这时，分厂的厂长瞪了他一眼。孟维非常害怕，整个人都蒙了，他像个孩子似的不敢再说话。他害怕这台设备被他弄废了，要他赔偿。他哪里能承担得起这份赔偿责任。还好分厂的厂长只是凶了他一句：“这么先进的设备交到你手里，看你摆布成啥样了。”

孟维非常害怕领导来追究这台设备怎么还没运转起来，所以他要尽快让设备转动起来，哪怕转起来只能干基本的活儿也成。于是他硬着头皮，买了些书籍，翻遍了设备相关的操作说明书。

那个时候，按照厂里给他们的测算，使用这么先进的设备，产出量肯定是相当高的。

原来，彩色屏幕变黑白，只是程序乱了。通过几天的学习摸索，设备倒是动起来了。可结果却令人大失所望——新设备干出来的产量只是普通设备的十分之一。没有效率就没有效益，工人的生活靠的就是产量。工人们开始怀疑新设备，也开始怀疑决策者，当然更少不了对技术人员的质疑。

公司领导非常着急，把技术能手都集中起来分析，通过对人、设备、工件材质、操作方法等方面的分析，最后得出的结论是，设备是先进的，只是人不行，人的操作水平太低。

公司购进的两台设备不是以普通车床为基础研发改进

的经济型设备，而是全功能型的先进设备，从加工精度、加工强度、加工速度来讲，都属于高端设备。全功能型设备的先进性与经济型数控设备大有区别，与普通车床相比更是天差地别。

摆在他们面前的数控设备是一匹烈性好马，可这匹烈马却没有一个好骑手。再好的马儿也要有个好骑手。再好的设备，也要有人来掌控。人是设备运行的决定性因素。人的技术跟不上，是产量上不去的根本原因。

孟维自从误操作后，也认识到数控技术和传统的车削机床是天差地别的，不能轻举妄动，一定要对它的特性了解透彻，才能动手。

2003 年中，公司从工贸技师学院招聘了五位数控专业技术人员。他们成了徐工第一批招聘的数控专业技术人员，其中就有他的两位实习老师。他们进入公司，暂时缓解了公司的燃眉之急，但还是没有彻底解决数控技术人员稀缺这个问题。

与此同时，随着数控设备占比越来越大，不断有普通设备的老师傅转入数控岗位。他们对普通设备的经验倒是比较丰富，但是对数控设备的知识是零，一时之间这种人岗适配的问题阻碍了公司的制造力。

可学习数控知识的途径很有限，信息也不发达，当时连个台式的电脑都没有，唯一的学习途径就是口口相授。在学习中，孟维担心漏掉一些细节，便仔细抄写到笔记本上，有时一天就要抄一个笔记本，抄到中指的第二道骨节都瘪下去了。

孟维学到的知识全靠口述。他也只能用口述的办法把所学的知识讲给这些老师傅，比如：这个按键起什么作用，这个程序走到哪一步要干什么。

2004年，国家为了拉动数控技术的进步，举办了全国第一届数控技术大赛。

参加国赛的选手要从市级、省级一级一级晋升的顶尖技术人员里选拔。

公司领导认为孟维等一批工人业有小成，鼓励他们去参加选拔。孟维想，自己只是一个普通车工，连一个初级技工资格都没有，如果通过比赛能拿到一个职业资格证书，那何乐而不为呢？于是，孟维大胆地报了名。他跟着师父、师爷参加第一届数控技能大赛徐州市的选拔赛。

赛前，孟维准备了报名图纸、资料。他拿着报名图纸和资料，去了办公大楼，进了一间办公室，对坐在办公室里的一位男同志说：“师傅请您帮个忙，帮我复印一些图纸。”那位男同志接过他的资料看了一下，交给了坐在对面的一位年轻同志，并交代：“你拿去，尽快到企管办帮他复印。”年轻人立即起身，接过材料，走出办公室。孟维也跟在他的身后。

这位年轻的同志复印完，把材料的原件、复印件清点好，分开，递给了孟维。他们一同走出企业管理办公室。在楼道里，这位年轻同志说：“你真有胆量，敢叫我们副

孟维（中）和团队成员做固定体尺寸检测

总去帮你复印图纸。”

“啊，完了，完了。”孟维使劲拍打着自己的脑袋说，“我不知道他是副总呀。”

这一次参赛，是孟维和他的师父李建国、师爷牛动——师徒三代同堂参加。令他难堪的是，他们师徒三代人在比赛中全军覆没，抱着三个“鸭蛋”回来了。

他开始总结参赛失败的原因。首先是自己掌握的数控知识太薄弱，学习的理论知识与实际操作没有结合在一起。还有就是赛前对竞赛了解太少，完全没有参赛经验。那时候他们对数控编程的了解，仅仅局限于自己的产品——自己的产品是什么样的，程序就是什么样的，认知只停留在这里。对于数控竞赛，他们大概只知道这是个数控比赛，最多会有个图纸，让你按照这个图纸把工件加工出来罢了。

孟维到了赛场就手忙脚乱的，他对师爷的“牛氏编程法”掌握得并不扎实，一进赛场，脑袋里装着的知识怎么理都理不清。他的第一个程序运用就发生了错误，而比赛的规则是一旦驱动软盘程序错误，哪怕是错了一个标点符号，都不能改正。当时师爷采用了统一的编程方法，孟维对此很崇拜，他把师爷的编程方法称为“牛氏编程法”。

“牛氏编程法”的每个指令，都在公司试过了，运用是没有问题的。对此，他们信心十足，充满了期待。但他们所不知道的是，这种编程在狭小的领域内可以，在教学设备上是行不通的，所以在比赛的时候，这个程序根本就跑不起来。这次比赛，师爷得了零分。

师父看着自己的师父都没有成功，自己怎么着也要挣个一分半分回来。于是师父想通过手动来控制一个长短，结果那个长短还没有配分，结果也一分没得。

孟维几经周折，把大概的轮廓做出来了，可是他的尺寸是错误的，同样一分没得。

就这样，师徒三代人铩羽而归。

对于这次比赛全军覆没，孟维开始了反思。他意识到，比赛也是检验数控知识掌握多少的一种方式。从这次比赛结果来看，自己简直就是站在原地踏步，没有进步。当他看到了自己和别人的差距时，他高涨的情绪萎靡了下来。他总觉得难以面对公司。公司花了那么大的代价提供了学习平台，自己却没有好好把握。要是以后在实际工作中把产品干废了，那就亏大了。产品不是想怎么揉就怎么揉的面团。产品是一次性耗材，加工废了就成了废品，要付出高成本的代价。

师徒三代人回到了公司，主抓竞赛的卢副工会主席安慰他们说：“对这次的失败也不要太自责，重要的是我们参与了，知道了自己与别人的差距。”卢副主席鼓励孟维：“这是个新专业，也是个新起点。我相信你们在数控机床上会有羽翼丰满的那一天。”卢副主席的话浸润着孟维龟裂的心。

孟维下定决心，重新开始学习数控之旅。他开始把自己的心擦得像一页从未写过的白纸。他要在这一页，画最好的蓝图。他打开屏幕，手指盘旋在按钮的上空。久久地，他闭上眼睛，心一狠，按下了删除键。顿时屏幕如新，呈现一块无云的天空。他把所有的加工程序全部删除了，就连他们生产的一些程序也全都删除了。一切归零，从今以后，他伏身在地，向数控知识伸出乞讨的双手。

孟维开始练习编程，几十次，几百次，不断练习，重复推演验证着自编程序的正确率，测试着熟练程度。孟维的努力不一定人人都能看到，但他的进步已在工作中无声地体现着。

公司密切关注着孟维这只雏鸟。每每有学习的机会，都忘不了把他放出去练练羽翅。孟维每一次外出学习，什么都可以忘，但绝不会忘记笔和纸。在那些笔记本上，记得最多的就是关于宏程序的编写，因为编写宏程序要有逻辑思维能力。他知道，这恰恰是他的薄弱项，所以他把编程的方法、图形图素，还有抛物线、正弦曲线、余弦曲线，这些公式曲线都画在上面。

在孟维的笔记本上，除了记录，就是总结。他不断总结编程的方法、加工的思路、比赛的成果。他总是在比赛之后尝试着总结一种既适用于生产，又适于比赛的方法。以赛促学，以学竞赛，让他取得了快速的进步。

熟练掌握了这些知识后，孟维把笔记本保存了下来。他想，等以后有了徒弟，一定要传给他们，让自己的徒弟们遇到此类问题，少走弯路。

2005 年，孟维的师弟以及两位女同事包揽了第五届振兴杯徐州市普通车工竞赛的前三名。这消息震动了孟维。

孟维知道了这个消息后，陷入了久久的深思。倒不是因为他们拿了名次，而是他们的职业资格因此得到了晋升。因为有文件精神，只要参加竞赛，成绩合格，或者拿到名次，都可以给参赛者破格晋升一级。那时孟维所在的徐工还没有高级技师，最高级别就是技师。师弟等三人的职业资格就这样从高级工晋升到技师这个级别上了。那可是多少人梦寐以求的。

孟维心想：“我在数控上干得那么卖力，连一本初级工的职业资格都没有，这也太难为情了。”这时候的孟维着急了。

孟维开始迫切地想要证明自己。“我们几个人，曾经下班玩在一起，干活在一起，才短短几年，他们就成功晋级了，我为啥连一本证书都没有？”他问自己。

这一年，孟维觉醒了。他给自己定了目标——在数控专业上拿到一本职业资格证书。他要证明自己。

第四章 会不开了，要重奖

2006年5月29日，两年一届的第二届全国数控技能大赛，开赛了。

这一次赛事在于选拔顶尖数控高手，检阅中国制造实力，整体赛事历时一年，分为赛区选拔赛和全国决赛两个阶段。全国各个赛区分职工组参赛选手、教师组选手、学生组选手。竞赛内容由理论知识、软件运用以及实际操作技能三个部分组成。对获得职工组和教师组各工种全国决赛前5名的选手，将由劳动和社会保障部授予“全国技术能手”荣誉称号，并可晋升为技师或高级技师；各工种决赛第一名，符合条件者可向全国总工会申报“全国五一劳动奖章”。对学生组各工种全国决赛前5名的选手，可晋升为高级工。各组、各工种决赛第六至二十名的选手也将按文件要求晋升职业资格。对获奖选手所在单位或学校，大赛组委会将授予荣誉称号，并颁发奖牌和荣誉证书。与此同时，本届大赛获奖选手代表9人还将受邀赴瑞典进行

孟维正在认真工作

为期一周的观摩访问。

孟维作为数控车工的尖子参加了选拔赛。徐州市的选拔分两个组，一组是学生组，另外一组是成人组。学生组的选手拿到了名次可以晋升为高级工，成人组通关的选手可以晋升为技师。孟维当时想的是，不能冒进，要稳妥地拿到晋升的资格，因而他打算选择学生组。

但是公司不同意孟维选学生组。公司对他做了评估，要求他参加成人组，成人组里的职工组。公司认为他经过那么长时间的现场学习锻炼，已经具备了参加成人组竞赛的实力。孟维对此很担心，要是参加成人组连一本证书都拿不到，那咋办。但是公司不同意，工作人员说："这样太浪费资源了。这不仅仅关乎个人的利益，也要考虑公司的规划。"在公司的激励下，孟维最终鼓起勇气选择了成人组的职工组。当时和孟维一起参加成人组的，还有一位师傅和2003年那一批招进厂的陈明老师。公司里就孟维等三人参加了成人组的比赛，其他的都是参加学生组的比赛。

孟维出发那天，公司把唯一的一辆商务接待车派给了他们。由于商务车的密封性很好，孟维坐在商务车里晕得一塌糊涂。到离比赛现场几公里的时候，孟维吐得不行了，他要求下车走路到赛场。这可难办了——不让下车又晕得不行了，要让下车，丢下他又不可能，这可责任重大。在随行工作人员把情况向上说明后，公司领导又把管后勤的那辆货车安排过来接孟维。他坐在货车车厢里，吹着自然风才稍微缓解了晕车症状。

孟维到了赛场，由于此前体能消耗太大，倒头就睡。直到比赛开始了，有人来喊他，要他赶快点，说比赛马上开始了。

孟维就这样晕头晕脑地上了赛场。

在这次比赛中，孟维的工艺路线又错了，但这次他的工件没有飞出去。他想这次虽然不会得零分，但名次肯定是又没有了。他非常郁闷地回到单位上班。

过了几天，孟维接到一个电话，对方说是劳动局的工作人员。对方告诉他：“恭喜你在徐州市选拔赛上晋级到省赛，你需要代表徐州市参加省赛的选拔。徐州市采取了集中训练，你要按时报到。现在需要你到徐州市劳动局填一份表。”

到了徐州市劳动局，大赛组委会的李主任见到孟维就说：“你只是沾了好运气，你的工艺都是错的。”孟维一脸怀疑：“啊？”李主任肯定道：“是的，在这次比赛中，所有人的工件都飞出去了，唯独你的工件没有飞。”孟维这才知道自己确实是运气好。他看了成人组的排名，自己是整个成人组的第六名，却是职工组的第一名；而教师组里都是他的老师，其中就有他的实习老师。

孟维获得了徐州市成人组里的职工组的第一名，因而有资格参加省级选拔赛。

那一次省级选拔赛，参赛人员都是全江苏各地市单位的顶尖技术人才。当时，徐州市的参赛者被统一安排在徐州贾汪高新区的一个学校集训二十天。徐州市劳动局的李主任和毕老师天天陪着，督促他们学习，给他们提供了智力支撑。

那时，孟维刚刚和新婚妻子王宝珠建立了自己的小家。从小，孟维就渴望有一个温暖完整的家，所以他一天都不想离开。这也是他第一次离开小家在外住宿，他总是担心妻子一个人在家会不会好好吃饭。他整夜睡不着，就想回家。但后来转念一想，想要征服数控，那首先还得学会控制自己的心。为了数控，他还是得克制着自己想家的心。

在集训的二十天里，孟维和各个技术能手交流学习，也结交了新的老师。

孟维和师友们讨论着数控的各类问题，互相学习，又共同提升。教师组里的几位学校老师教给他一些理论知识，而职工组的孟维也给教师组的老师提供一些实践中的经典用法。实际上他们是彼此互补的。

那二十天里，孟维每天和这些顶尖的学友，吃在一起，住在一起，学在一起，每次见面说的话都能关联生成数控。

数控是匹迷人的烈马，他们最大的愿望就是自己能在这匹烈马上长出蓝色的翅膀，策马驰骋。

很快，孟维和学友们一起去常州的轻工学院参加省级选拔赛。

这是孟维第一次离家出远门。

孟维想，住一天的酒店很贵，不如自己把行李带上在酒店里打个地铺就行。他以为打了地铺就能省钱了，结果地铺倒是打了，可酒店一分钱都没少收，他一分钱也没省下。

孟维第一次在外面吃饭，看着这饭菜都发愁了，他认为炒一盘菜最多花两块钱，可是酒店要收几十块钱。孟维一算，就急了——自己没钱结账那可怎么办。于是他想到了公司领导。他要给公司领导汇报汇报。

孟维给自己的公司领导打电话汇报了情况，分厂领导马上又给他的上级书记汇报了一遍，然后孟维接到了领导给的一颗定心丸：“吃，吃多少都给报。住，住多贵都给报。”这时，他悬着的心落地了。

那期间，参赛的好多学生和老师都跑过来问他切削成型的刀具。孟维所在的徐工对刀具的应用是走在前面的。孟维就给他们说了下情况。因为大家的时间都很紧张，这些人为了学习，经常会趁着吃饭的时间邀请他一起吃饭，他们给孟维的生活也提供了很大的帮助，有的老师还会悄悄帮忙把他的饭钱给付了，所以孟维一星期下来才花了一百多块钱。

参赛顺序是通过抽签决定的。孟维抽到的比赛时间是第二天。这时，与他在一起的师友们就邀约他去常州市里看看。于是他和师友们就满大街地去逛。

可是，据说第一天有两位参赛选手临时弃权了，所以孟维的参赛时间随之调整，直接从第二天提前到了当天下午。

这天下午，孟维还在外面逛。李主任打电话告诉孟维要提前比赛了。他问孟维在哪儿。孟维却不知道自己是在哪里，因为自己所在的地方没有明显的标志，他也说不上来，只能说个大概位置。

李主任只好开着车，满大街地找他。一找到他，当即把他拉到宾馆，火急火燎地帮他拿上竞赛的工具。为防止节外生枝，李主任把徐州市其他选手的竞赛工具也一并带上了车。

到参赛现场时，比赛早已经开始了。等孟维把比赛工具准备好，原本三个小时的比赛时间，已经过去一个半小时了。

在那一个半小时里，孟维迅速调整了自己的状态。他将所有的工具、机床的转速全选用了最大值。这次参赛，输入什么，什么就是对的，程序也不卡了，尺寸怎么测量都对，工艺方法也是对的。

就这样，三个小时的赛件，孟维一个半小时就解决了。

比赛完，大家都问：“孟维，你是不是都做完了？”孟维如实回答道：“都做完了。”

两位全程陪同的老师接着问孟维：“总共二十六人的比赛，大约会在多少名？”孟维说估计会在前十名。

第三天，所有人的比赛都结束了。一起来参加比赛的老师和学生，在这段备赛学习的时间里有了友谊，成了难忘的同学。

大赛结束后，孟维急着就要赶着回家，他非常想念他的妻子王宝珠。可同学们把他推上了公交车，说无锡有个手工艺品市场，大家都想亲眼见见那些工艺品到底蕴藏了多少艺人的情怀，才落入人间。孟维跟他们一起坐上公交车去了无锡。在无锡手工艺品市场，他买了一些手工作品，还买了几个紫砂壶。

从无锡回来的路上，公司相关工作人员给他打来了电话："孟维，你得了江苏省的第一名。"

"啥？"

"拿第一名了你不知道吗？"

"不知道，没人和我说。"

"我现在正式通知你，你是第一名。"

回到常州，徐州市劳动局的李主任语重心长地交代孟维："孟维，你拿了第一名，明天你要上台领奖。但你不要骄傲自满，这也是大家共同努力的成果，回到公司该干啥干啥。"

"那徐州市答应给我的技师证，还给吗？"孟维更关心的是他的职业资格证书。

"给。但是这个证我已经发不了啦。"

"啊？不是答应过的，怎么又变了？"孟维的心沉到了海底。

“因为你是省第一名，你又破格了。现在你已经是高级技师了。”

在回家的路上，孟维一直在想，这次比赛如果要说有什么运气，那就是自己公司给予的支持和帮助，以及像李主任这样的领导全程的关心和督促，还有师友的一路相伴。总之自己算是交上了时代的好运气了。

孟维的数控职业资格就这样从零到顶，只经历了两场比赛，他的目标就实现了。这一年，孟维 24 岁，这也是他进入公司的第四个年头，他成了全公司第一位高级技师，也是最年轻的一位高级技师。

从初级工到高级技师的晋升，是孟维第一次成功的试飞。

正在开会的分厂领导杨厂长收到了孟维获得江苏省第一名的好消息，停下了会议，一拍桌子，说：“会不开了，要重奖。”

这一年颁发给孟维的荣誉，公司的、集团的、市级的、省级的，喜报接踵而来。他成为公司里获得江苏省五一劳动奖章的最年轻的职工。

在竞赛总结会上，公司书记说了一句话：“我们的技师，我们的高级技师，一定是在这个专业内，有着深厚的技术沉淀的，而不是通过一两次竞赛拿到的。”然后书记转向孟维，像是一把宝剑刺向孟维：“对于从天上掉下来的高级技师，我不认。”

这些话长久地印在了孟维的脑海中，他由此反思自己：“我虽然通过比赛拿到了高级技师的证书，但是还没有为公司贡献过自己的才智、做过一件实事。对于职业资格，我是最高的，但是拿到这个证书的真正意义又在哪里。如果不能把学到的知识用在实际工作中，不能为公司出力，那么这个证书就是一张冰凉的纸。如果这个证书不能给公司带来荣誉，那它也是形同摆设，成了一击即碎的花瓶，好看不中用。”

孟维给自己建立了第一个人生的坐标系。竞赛和工作，理论和运用，荣誉和贡献，个人与公司，一切都要端正在自己人生价值的坐标系上。

孟维是带着思考参加了第二届全国数控技能大赛的。

在参加国赛时，公司给了孟维坚实的后勤保障，这成了他坚强的后盾。但是技术难题就只能靠他自己了，因为在数控技术上他已经走在了公司的前端，所以孟维只能靠自己学。

2006 年 10 月 24 日下午，在北京工业技师学院的全国第二届数控技能决赛开幕式上，孟维遇到了在省级选拔赛上的对手兼师友胡胜。胡胜是中国电子科技集团有限公司第十四研究所数控车工。在省级赛中，孟维是第一，胡胜是第二。孟维的理论比他高一点，但实操不如他。胡胜给了孟维很多智力上的帮助。孟维不断地问他问题，天天都有问题去请教他。

孟维参加国赛的那段时间，好像不是去参赛的，而是像一个小学生去请教老师的。

国赛，那可是群雄聚集、高手过招之地。他非常清楚，能到这里来的选手都是顶尖高手。他不能错过任何的学习机会。他想，此时再不请教，要待何时请教，此地不拜见，何地拜见。他放低姿态，不断地求教，他认为谁都可以当他的老师。在与高手过招之前，他不错过与高手学习的机会。

当孟维向胡胜请教的时候，胡胜反问他：“看你这个知识储备，你还拿了江苏省的第一。你是怎么做到的？”孟维说：“我就是记性好一些，理论考得比你好一点。凭运气罢了。”那时，孟维二十多岁，而胡胜则三十多岁。

胡胜是孟维在数控知识比赛学习的路上走着走着就遇到的良师益友。他给予了孟维友谊和新知。

国赛上，半路出家的孟维拿到了国赛的第三十一名，胡胜拿了国赛的第一名。

当国赛在北京人民大会堂落下帷幕后，孟维和胡胜紧紧拥抱在一起。

第五章 金属也有路

孟维顺着自己的心路，他想起了师父的加工思路。世间品物皆有路，人的路在脚下，金属的路在工匠的手中。

2002 年，孟维二十岁，还是一个普通操作工。他的工作就是在普通车床上加工起重机的零部件。传统的加工方式，其实就是一些手工加工工艺，按照孟维的话来说，他是个手艺人，靠手艺吃饭。加工零部件，是他生存的手段。加工工件的数量和质量直接影响到他的生计。作为一位新工人，他在加工技巧方面还不娴熟，因为最令他头疼的事就是加工那些不规则的零部件。

加工实心材料倒也顺利，刀具切下去不容易出现飞边毛刺，因为它没有形成飞边毛刺的空间，毛刺无处藏身。即便有点毛刺也是在加工面的外沿，处理起来就容易多了。而遇到空心材料的产品加工，就会大伤脑筋。空心产品不像实心材料那样容易加工，采用的是一些很传统的加工方法，一刀一刀往管上切，一刀下去，毛刺受到挤压就往里面倒，用工具拔也拔不出，扯也扯不掉，它顽固地往里面躲。孟维只得停下，用另外一把刀，剔除这些毛刺。这个传统的加工方法，破坏了金属的纹理，在毛坯的内孔边沿形成了坚硬的铁刺，孟维称它为“飞边毛刺”。这种飞边毛刺，常常把他的加工刀具损坏。

孟维每次加工时，刀具是一把一把被打烂，刀具烂了，又要停下来换，换刀的时间就占用了大半天。加工一个部件要换好几把刀才能完成，刀具的消耗量增大了成本，减少了利润，所以每断一把刀孟维的心就要疼一次。追求利润是工友们的目标，那时候工友们的话题就是刀具，碰面时相互间问候最多的就是“你今天加工了几件产品，坏了几把刀”。

孟维做这种零部件加工的活儿，做得非常困难。上班下班，他满脑子都是毛刺，这些毛刺一度扎在他的心里。他时刻都想把它们拔掉。

为此，孟维特地去看师父是怎么加工的。只见他的师父把刀磨得又平又直又锋利，随后把刀安好，就往空心的面上靠，而不是切。他看着师父把刀往上面靠一下又离开，离开又靠过去，如此反复，若即若离，永远保持着一定的距离。师父的手很轻，像是担心这加工材料会疼，非常爱怜。师父的眼神始终在工件上。

就这样，师父纯手工打磨出来的产品，完美地呈现在孟维的眼前。师父告诉他工件也是有路的，工件的路就是这些纹路，要顺着路走，才会对。孟维这才想起不久前师父的手不紧不慢地、不慌不乱地顺着这些工件的纹路打磨。

人有路，品物亦有路。人的路，在脚下叫道路，在脑子里叫思路，在心里叫心路。金属也有路，它的路是纹路。

人的路掌握在心里，金属的纹路掌握在工匠的手里。如果金属的纹路被破坏了，那部件就失去了规整，变成了废品。

师父做出来的工件没有毛刺。孟维看师父做活的方法很简单，看不出有什么技术含量，只是看到师父的眼睛一刻也不离开刀具，专注地打磨着。

孟维明白了加工毛坯不能硬碰硬，要以柔克刚。可道理是明白了，就是做不到。在他那个刚性十足的年龄，哪里有这么大的耐磨工夫。

孟维在加工的过程中，更多的是在修炼一种心性。一开始他的手不是轻就是重，根本把握不好轻重和尺度。他的心散乱在加工的工件上。他问自己，学一个动作就这么

2014 年 11 月 24 日，孟维（中）在德国参加江苏省高技能人才海外研修合影

难吗？他要达到的目标是解决飞边毛刺。

知而有定，定而能静。孟维决心要让自己的心平静下来。他学着屏住呼吸，就像水中游泳的鱼儿，游得最快、最平稳的时候，身体一定保持得非常平直。因此，孟维要学的是平静、平衡。静而有得，孟维静下心来，他轻轻把刀往空心的面上靠。刀具靠近，有时轻得靠不到面，他也不着急，最多就是多花点时间练习。孟维的心，都聚焦在刀上。慢慢地，他的手变得平稳了，他知道了轻重，掌握了无法用量尺测量的度。

孟维磨出来的工件终于没有了飞边毛刺，变得又光滑又平整。他打磨了工件的规整，工件磨砺了他的心性。

2003 年，顺着这条思路，孟维把师父的这个方法借鉴过来，用在起重机的部件 QY12.33–4 的数控加工中。

孟维这次采用了锋利的刀具高速旋转、大切深、低进给的加工方式。这种加工方式给他带来了一系列的好处。

刀具的锋利，使得加工程序发挥出更大的作用，从而减少了刀具的磨损，减少了摩擦的热量，降低了加工零件的温度，提高了工件的精度、光洁度，也提高了加工效率。

孟维看着飞速旋转的刀具把销轴做得入眼入心的。他的心也跟着飞速旋转起来。他开心的是自己在工作中有了成绩，原来他做一个工件要分刀分层，一刀一刀地切，整个过程至少要5分钟。但经过改进后，加工一个工件只需要1分32秒，工作效率大大提高了——他们班组一天做百把件，而孟维一个人一天就能做好几百个工件——工人的工资都是计件核算的。

孟维笑了，工友们却愁眉不展。做得越多收入就越高，做得少自然收入就少了。孟维多劳多得是对的，可是蛋糕才那么大。

工件的毛刺是解决了，可孟维却成了工友们的“毛刺”。

工友们开始想办法了。他们白天趁着孟维上中班的时候，跑过来抄孟维的程序。

孟维知道了这件事情，就非常生气。自己为了学习也是付出了代价的。别人打游戏、打牌、看电视、做着春秋大梦的时候，孟维在熬更守夜苦读书。除了自己的老婆知道疼自己，其他人都骂他书呆子。

孟维在工作现场观察探究，收获了知识，个人的技能也在渐长。他想：“我凭什么把自己的研究成果轻易给了别人？那些自己不想学习、见了别人学习还要说风凉话的人，看到别人有了技术还想来挤对，这种人我干吗要教他

孟维大师工作室成长顺序

们呀！”

那时候，从软管加工，到 QY12.33-4 销轴产品的加工设计，孟维走了不少的弯路，才获得了一些知识，他真不想把来之不易的知识传授给他们。

但孟维再怎么生气也没用了，抄也抄了，用也用了，他意识到之后得保护好自己的劳动成果。

2004年，孟维在起重机的主副臂零部件加工时再次遇到了难题。遇到难题的时候，他总会想到师父，师父的鼓励总是在他的耳边，“要顺着路走”。

孟维又把这种加工方式借鉴到起重机的主副臂连接销上，把自己学到的技术做了延伸。他把之前的知识做了一些组合，从先远后近到先弱后钢，他通过控制刀具的悬伸距离，既解决了小直径的加工，又避免了刀台干涉尾座套筒的风险，然后再换另外一把刀具，缩短悬伸距离增加系统刚性，解决了起重机主副臂连接销的加工效率。

这个难题解决之后，孟维发觉自己学会了融会贯通，他又进一步解决了加工过程中空刀耗时的难题。

在加工过程中，由于切削循环功能分刀次数多，再加上它整个的刚性不足，在切削过程中振动幅度特别大，刀具不断地被损坏。孟维了解到没有一位师傅会改编这个程序。他决定自己试试。从那以后的一段时间，他的心里只住着那些机床，这些机床在他的大脑里不停地运转、推演。那些高楼大厦上回形闪动的霓虹，都会在他的脑子里产生灵感。他总是把那些闪动着的光想成机床上不停循环着的空刀。

因为一旦刀具被损坏，加工程序又要从头再来一遍。

而这什么都没切到的刀，就是空刀，空刀一直在循环，就一直在耗费能源，耗费时间。

孟维把这个大循环做了分步，分成一个可控的方式来编程。每一步只是跑一段，就像是接力赛跑，跑到一个固定的地方，就有人来接上这个棒子接着跑，跑过的人就不用再重复跑一圈，如果跑的过程中棒子掉了，可以停下来，捡起来，接着再跑。在长时间的模拟、推演、复盘后，他这种分程分段接力工作的方式，成功解决了切削循环的问题，大幅度提高了工作效率。原来加工一个工件要 27 分钟，经过设计改编后，加工一个工件只需要 5 分钟左右。可喜的是，在这个加工过程中，刀具也不会坏了。

如此一来，时间省去了，资源节省了。孟维听着机床发出正常切削的声音，他的心也跟着机床的节奏欢喜地跳动。

然而，这只是孟维个人的加工效率。对于其他同事，他们没有这套加工方法，相比之下工作效率还是上不去。

效率决定效益，效益影响个人的分配收入。从表象上看，是孟维瓜分了大家的蛋糕，于是他和工友们在利益面前又有了一次隔阂。

孟维魔术般的突飞猛进，给工友们带来了恐慌。他们找到工段长。随后，工段长找到了孟维。他在孟维的机床边站了大半天，欲言又止。孟维以为工段长会称赞他的小小发明。但是工段长啥话都不说，脸色深沉，嘴角往下，孟维这才意识到工段长不是来欣赏他的工作的。工段长来看了几分钟都不说话，孟维心里大概明白了。

孟维也不和工段长搭话，只看着机器的转动，听着机器匀称的呼吸。

工段长终于开口了。

“孟维，你不能干那么快。”

“提高工作效率不好吗？”

“你知不知道，别人的活儿都被你一个人干完了？”

“我有什么办法，机器一转，我就控制不住了。”

“一个大锅里的饭，大家都抓一点吃吃。你这样干，别人都饿肚子了。”

“你的意思是我影响了你的收入了。”

“不是我，是我们。”

“你的想法是消极的。”

“我只考虑大部分职工的感受。”

孟维听了工段长的话，非常生气。

这次谈话之后，双方的面子都被扎破了，工件上的毛刺早已解决了，但心里的毛刺却深深地扎在彼此的心上。

到了发工资的那天，工友们开始不搭理孟维了。他和工友们打招呼，工友们竟然装作没听到。孟维拿着比以往高得多的工资，心想：工资拿到手才是硬道理，不理也没关系，我又不拿饭在你的锅里热。

但是孟维愉快的心情也渐渐地变得凝重了。他很快就开始考虑工段长的话。他觉得工段长说的话不对，什么叫“你不能干那么快”。有了大米吃，谁还会想着要去吃糠，不可能的事。他慢不了了，他已经尝到了知识带来的福利，停不下来了。

从此以后，以前与孟维要好的工友见了他也不冷不热的，甚至在路上见了还有意避开。孟维倒也不是说对此不能接受，只是他也在思考——别人收入的多少与自己没有关系，那是他们找不到工作的方法。他想了好久，觉得这事看似与自己没有关系。可是自己明明找到了一条捷径，为什么不告诉他们呢，还要眼睁睁地看着他们走弯路？也许他们的家里，也正像自己一样，正巴望着每月的工资去救急呢。他的心软下来了。他最终决定把方法告诉工友们，他们能不能干得快，那就是各人的造化了。

孟维找到工段长，对他说：“你的话不对，但是我愿意把方法推给他们。”

孟维把这个加工方法推广了出去，一个传一个，没用多久，工友们都用上了这个方法。

2005年，孟维被安排在经济型数控岗位上工作，经济型数控不如全功能数控的加工精度高，使用过程中的问题却层出不穷，阻碍了工作进度。特别是XZ16K.58-22A型号配套的球套加工效率低下。这个球套是起重机平衡梁上的一个组合件。加工量大，一台起重机大约要备6到8个件，再加上人岗适配存在的差距，劳力资源开发非常有限。加工球套根据桥机座的不同也会发生变化，从毛坯到精加工，最后在精车内控，这个加工方法老套，一个人做一天才能完成40件。

孟维想，要是能节省一些时间放在学习上那该多好。于是他又开始了观察研究。

只要想到的问题，就逃不过孟维的匠心。他不断推演，把之前的一些技术做了一些小改革。通过他的技术改革，加工效率提高了。当时全公司只有孟维一个人能做到半天工夫加工40件配套件。他把一天的活计用一个上午完成，下午就休息学习去了。

工友们看到孟维又出新招了，就来讨教。孟维并不私藏着方法，但是工友们怎么学也学不会，因为好多知识已经上升到了专业层面。要掌握这项加工方法，需要具备一定的专业知识。而工友们的知识储备是相当有限的，再怎么学都学不会。

第六章 建立职业坐标系

配套球套结构升级后，这个结构的产品停止了生产。孟维转岗到了加工一些焊接件的工位上。他遇到的加工焊接件，全是不规则的部件。他想，部件不可能改变，但是人是灵活的，人可以改变想法。

这种套筒，它的圆周都是焊接在圆外形管的接头处，焊接得比较多，焊接时间长了部件受到高温的炙烤，会产生应力集中变形，对产品质量影响很大。还有一个问题，产品换型的时间太长，长达两个小时，时间浪费太大了。

换型就是从一种型号产品切换到另外一种型号产品。这个过程需要两个小时，如果一天做两种产品，那么一天就要花两个小时切换产品。一天干三种型号，那么半天的时间就都花在切换产品的时间上了。如此一天天算下来，那得浪费多少时间，这对公司加工产品的总工时是一种非常大的浪费。

孟维看到了一系列的加工缺陷，思来想去，横看竖看，都觉得必须要解决这个大问题。后来，他忽然有了想法——可以建立一个独立坐标系。

于是，孟维就用了他在数控车床上一个叫“独立工件坐标系”的方法，并在此基础上设计了相匹配的定位工装和专用夹具——这两种工具配合使用，生产的时候，工件在忙，人不忙了。

经过改装后，整个产品切换时间由原来的两个小时变成了一分半钟，效率提高了八十倍。时间缩短了，单是孟维的一台设备，就可以满足最高月产三千多件产品。

如果这种方法没有被发明并被推广，当时公司还要投入至少五台设备才能完成工作任务。这一次的技术创新非同凡响，给公司带来了很大利润。

对孟维个人来说，这是技术提升也是成长之路。对公司来说，这是推动发展的一双小羽翅，是利润的涓涓溪流。

孟维把这种方法使用顺溜后，便想着推广出去。可是推广的时候，有一部分师傅不敢用，他们对这种方法了解的层次比较有限，认为这种方法太过于冒险了，他们怀疑这飞速生产的产品会破坏了原材料的内部结构。

孟维耐心地给他们讲了原理——为什么要设立独立的坐标系？这就像每个人，在很小的时候都有不同的理想，有的人理想是医生，有的人理想是老师，有的人理想是演员，每个人都有不同的理想，这个理想是每个人的坐标，每个人对应着一个独立的坐标，不同的个人的坐标组成了坐标系。不同的人有着不同理想的坐标系，而不同的产品也可以存在于工件程序的坐标系上。直接在机床上设定工件坐标系，每一个产品对应一个坐标系，不管加工几种产品，都是刀具不变，工件变，就不用重新换刀、校对刀具了。这样一来，省下的就是时间。

孟维也把自己的设计理论梳理成标准的流程。连他自己都没有想到，这个项目会在七年后荣获 2011 年全国机械工业优秀质量管理小组活动成果一等奖。

在之后的日子里，孟维不仅建立了工件的坐标系，也建立了职业的坐标系。

从零到高级技师，从徐州到北京，孟维只顾一路奔跑，来不及回望。

当孟维站在制高点望向那一片蓝色时，他发现自己一直是被公司的羽翼托起的雏鸟。

当孟维开始思考——竞赛除了带来名誉，到底还能为公司带来什么时，他萌生了一个想法，要把竞赛成果转化成企业的财富，要把自己的探索变成公司宝贵的经验。

孟维认为是该为公司做实事的时候了，并且他从这次的国赛上看到了自己的短板。

孟维先从小的方面着手。就好像攀登一座高峰，必定要从最低处开始，行至远方必定要从最近的一步开始。在漫长的备赛参赛中，他体会到了失去岗位的那种恐慌，所以他非常珍惜自己的工作岗位。

人不在岗，岗位上的活计不可能停下，工作不可能会因为某个人的原因而影响运转。2006 年，当孟维从国赛上回来时，他的岗位没有了。他原来的岗位有了新人的填补，公司把他调到了 CK7840A 的一台设备上。在这台设备上，工友们经常在白班、中班就把他的活计干光了。等他来接班的时候，已经没有他的活计了。他到公司就只是打个卡就下班回家了。

没有了岗位，孟维成了公司的闲人。他突然意识到，其实一个人无论有多大的能力，无论什么时候离开公司，都不会给公司带来一丝波澜，但是个人的处境就不一样了，个人离开了公司，就如同被连根拔起的幼苗，失去了生存的土壤，就会迅速萎靡。他意识到，有岗位，有活儿干是一种幸福，一种存在的幸福。

好在，没过多久，公司的产能提升了，种类也增多了，产品的数量也供不应求了。原来的产品结构单一，又有足够的时间去切换产品。现在种类增多，产品数量增加，月产追加，工人应对不了。特别是技术方面的问题又来了。这个时候孟维又派上了用场。

2007 年，公司围绕安全生产、质量在行的主题推动生产。在企业，质量是企业的生命，安全是发展的保障。公司通过质量管理来提高安全的管理水平。但当时公司面临着在加工过程中，工件的铁屑打在脸上会导致伤害的安全隐患。

一到这个新的岗位上，孟维就观察到师傅们都非常害怕那个加工工作，因为工作的时候，经常有铁屑打在脸上，都不敢接近机床，唯恐躲避不及就打伤了脸。

重型一零部件分厂团队合影，孟维为第一排左三

孟维想，脸虽然占据身体的比例小，却关乎人的体面。如果因为这个工作伤害了脸面，那对个人是一种伤害，对公司也会造成负面的影响。劳动者需要体面。孟维看到了这个不安全的生产隐患，有了更深的思考。他想，作为一线工人，既要做好自己的岗位工作，也要体面地生活着。

为了寻找更为有效的操作方法，孟维尝试出手解决这个问题。他开始观察工作现场，观察铁屑打出来的角度、打过来的力度。在这个过程中，他自制了一个工件的异形爪，只有这样的爪才能牢牢抓住装夹工件。这种异形爪，花了他不少的功夫，每一次的试验都存在缺陷，要么是材质不行，要么是接触不够。孟维进行了 30 多次的修改试验，最终这只异形卡爪试验成功了。

就这样，孟维利用前期学到的知识，借助了建立坐标系的基础使用方法，配合自己通过 30 多次试验成功的自制专用夹具 R 型卡爪攻克滑轮圆弧薄壁装夹的难题，再应用正反圆弧刀具实现大切深、多圆弧、窄槽加工，并借助子程序与工件坐标径向递减配合方式实现了起重机伸臂伸缩机构的滑轮组合件加工。

孟维的这套方法虽然有些笨拙，但加工出来的滑轮光亮洁净。师傅们用了这个方法后，见到他时会来一句：“孟维滑轮操作法是双管齐下。”这个时候孟维面对师傅们的夸赞，就会报以微笑。这个方法让他们的安全有了保障，工作效率也提高了。这个操作方法，得到了师傅们的认可，也拉近了他与师傅们之间的距离。他是带着情感去为工友们改善工作质量的。

从此以后，孟维的滑轮操作法就喊出名来了。孟维在总结的时候也很顺溜地把这个方法命名为“孟维滑轮操作法”，并写进了工作案例里。这也是他第一次以自己的名字来命名工作操作方法。

后来孟维又在此基础上完善了一些方法，孟维经过分步编程法，把加工产品从普通车床转移到 CK7840A 数控车床上加工。这个方法被推广使用后，由原来的普通车床，每加工一件产品，需要一台机床，一个班次才能完成，转变为每加工二十件，需要单台设备两个班次就能完成了。装夹过程由原来的六次减少到两次，由一个班次加工一件，提高到一个班次加工十件，效率比之前提高了十倍以上。一分耕耘一分收获，这项操作法获得了 2007 年徐州市职工优秀先进操作法。

在这个阶段，孟维绽放了智慧之光，他的每件产品都有他手心的温度。他开始了工作上的创新，设计工件夹具、改善车削、研究具体的平衡轴的制作，以车代磨，整个项目成了爆发式的开发，帮助公司解决了具体的难题。

其实，自打参加国赛回来后，孟维就已打开了心胸，也开阔了视野。他看到了团队的力量，知道自己一个人的能力是有限的，他不要一个人奔跑，他要带着团队一起奔跑。

2008年，孟维的成绩再次被公司认可了，他开始有了新的想法——他要带团队。就在这一年，在公司的支持下，孟维建立了“孟维劳模创新工作室”。

孟维认为，一个人强不算强，一群人强才是强。从此，在数控这条路上，他不再是一个人作战，而是一个团队作战了。他是选手，是教练，也是采购员。

徐州市第三届数控比赛时，孟维的第一个徒弟王亮拿了江苏省徐州市第一名。比赛回来后，孟维带领徒弟们开始了研发。

2010年第四届全国数控比赛又开始了。领导说：“孟维，你这一次又拿了徐州市的第一名，你现在什么都不要干，准备在南通赛区上赛出好成绩。”这次比赛是个分水岭，从两个方向走，一个是软件编程，另一个是手工编程。但是孟维总是认为软件编程不可靠。这一年南通科技杯比赛上，工件做出来了，但是交接工件时没拿稳，工件掉在地上了，被扣了分数。但是通过这次竞赛，孟维觉得不管是赛场也好，工作现场也好，不能粗枝大叶的，一定要注意细节，因为一个小细节可以决定一次成败。

第七章 钓鱼，在渔不在鱼

孟维有十万个鱼钩。他只是爱钓鱼，不爱吃鱼。每次钓鱼，不是为了钓鱼而钓鱼，而是在渔不在鱼。

那次工段长对孟维说“不要干那么快”后，两个人之间的关系变得像两块互相排斥的磁铁，始终碰不到一块儿了。虽然当时孟维很不理解，但是过后一想，他又不是为了他的个人利益才给自己加压力的。他是为了大多数人的利益而来的，孟维觉得他的情感是纯真的。

后来工段长因为身体不好，辞去了工段长的职务。等康复后他退到了生产现场，和孟维一起在数控车床上工作。这个时候的他已不是高高在上的工段长了，但他也不和孟维说话。

孟维想试着和他的前工段长修复关系，但一直找不到契机。有一天，前工段长正在约其他几位同事去钓鱼。孟维一听，赶紧和他搭上话，说他也要参与他们的行动。前工段长一听他要去，也急忙交代他回去准备好钓具，第二天早上出发。

第二天他们一起去钓鱼了。孟维那天一条鱼都没有钓到。他的前工段长倒是钓了好多鱼。到了下午时，孟维接到了一个电话，他告诉前工段长说，要先赶回去。前工段长一看，孟维一条鱼都没有钓到，就赶紧把自己篓里的鱼分给了孟维，孟维嘴上推辞着说不用，心里却是喜滋滋的。就这样他与前工段长的关系和解了，打开了长久以来沉闷的僵局，这比自己钓到大鱼还要开心。

后来孟维和前工段长就多了一个话题。前工段长和孟维一起分析，为什么会钓不到鱼。他们就会在那里复盘推演，是料不合鱼的口味、是风向不对、是温差大了、气压不对了，还是鱼钩太大了，暴露目标了，杆打出去的精准度不高了，他们都要去一一分析，就像分析一个不合格的

孟维（左二）在单缸插销系统缸头装配现场

工件一样。

运料河是孟维奶奶家房村的一条河，那里的渔业资源很丰富，是他小时候经常抓鱼的河。

工作以后，在空闲之余，孟维经常会带着儿子，来到房村镇的河边。有时他们来到这儿，绑绑鱼钩子，在小树林里晒上一天的太阳也是件开心的事。

茅村镇在铜山区偏东北方向，房村镇在铜山区的偏东南方向。在青春年少时，孟维经常走的路线是两条，一条是从出生地茅村镇到奶奶家房村镇，这条路大约有六十公里。还有一条是从徐工技校到奶奶的房村镇，大约有三十公里，沿着一条国道走。他的青春年华就是骑着他的飞鸽牌自行车，沿着这条国道从学校到老家，从老家到学校，来回地奔跑。

孟维生活过好几个地方，可是他只把奶奶的房村看作自己的老家。这个老家是他最爱的家了。每个周末他哪里都不去，一心想着要回来见奶奶。他从技工学校骑着自行车回来，就是为了陪奶奶说话，给奶奶做几个好吃的菜。

孟维在父亲开餐馆的时候学会了做菜，他会做好多种菜。每次他吃到好吃的菜，就要回家做给奶奶品尝。做鱼当然不在话下了。

孟维认为初冬的鱼肉质好，初冬也是钓鱼的好时节。这个季节的鱼要应付过冬，要拼命进补食物，储存能量。这个时节他钓到的鱼一般用来红烧，或者做成地锅鱼。他用来做饼的面都是没有发酵过的面，这样做出的饼不容易散开，耐咀嚼，有韧性。

如今奶奶走了，就埋在了老家门口的河边。可是孟维依旧忘不了老家，这是他真正意义的老家，想老家的时候，他就拿着他的渔具，开着车来到房村。当他开着车路过的时候，他会看到奶奶的坟头，长满了茂盛的青草，运料河从奶奶的坟前离开了村庄，流向大地深处。

每当孟维心绪不宁的时候，他就来到运料河。在运料河边，他会停下车子，欣赏鱼儿自由的呼吸。在那些水域比较平缓的地方，看着运料河里的鱼儿在夕阳下，在晨辉的侧光中，闪碎了水波，水波处好似撒满了碎银。看着这些鱼儿，他堵在心里的淤泥顺着这条小河散开，流向了远方。这个时候的孟维，即使不钓鱼，看一眼鱼儿，绑一下鱼钩心情都会大好。

孟维不认为钓鱼是一种消遣。他经常说，钓鱼和干工作是一样的，都需要有目标。如果钓不到鱼，不能单纯地归结为那地方没有鱼，或者是今天的天气不好。要是你说没有鱼，那么你看看别人的篓子里都有几条鱼，为什么自己的篓子里没有鱼。

有的时候，不钓鱼，就绑个鱼钩也高兴。一开始，钓鱼的技术也有了，但是绑鱼钩的技术很差，即使钓到了一条大鱼，也会挣脱钩子跑了，孟维就不断地练习绑鱼钩，他绑得越来越好了。技术熟练了，钓到的鱼也就多了。

有时候，有人问孟维：你整天就呆呆地坐在那地方，

孟维正在工作室承接公司试制的第一台消防水炮组装工作

太阳又晒，风又吹，人都变成大黑鱼了，那有什么意思？孟维就一本正经地告诉他们，制造起重机是他构建的正业，垂钓是他休憩身心的副业。一起一垂，都需要耐心，都讲究技法，都需要足够稳定的气韵和力道。

孟维喜欢钓鱼，但是他想去钓鱼时，老婆要上班，他需要陪孩子。等老婆有时间了，自己工作又开始忙活了，钓鱼就只能搁在心里，变成了在家绑鱼钩子。孟维看着这十万个鱼钩子就想："等退休以后，就开着房车游钓全球。哪里有我们的起重机，我就钓到哪里去。"

鱼食有甜的，也有腥味的。孟维去德国的时候，除了带刀具，还带了鱼食。离开德国时，孟维把衣服全扔下了，装了一大箱子的鱼食回来，结果回来发现本地的鱼都不吃进口的鱼食。后来孟维就想，不能什么都照搬外国的，得有自己的料，数控也一样，要有自己的核心技术，不然容易被人家卡死了。

孟维不像别人那样钓什么鱼都可以，他始终盯着目标鱼转。目标鱼是什么，他就专钓目标鱼。在工作中也是相似的，比如研究一个起重机核心部件，他会在选定的事上锲而不舍。

孟维和前工段长第一次去钓鱼的时候，没有钓到一条鱼，当然他在意的是渔而不是鱼。后来他们的关系慢慢地就变得很好了，工作上遇到什么困难也会像分析钓鱼一样细细分析，一起帮着解决。他们再在一起钓鱼时，相互之间就一边传授着钓鱼的经验，一边交流着工作的经验。他们的谈话，往往总是在起重大吊与垂杆小钓之间不停地切换。

第八章 师父的话管用

2012年，公司党委书记对孟维说，他参加完最后一场比赛以后就不让他出去参赛了，要他专心带好团队，主要是围绕数控加工，把竞赛上所学的知识、技巧、经验运用到生产中去。

这一年，孟维30岁，刚好历经了他参加工作的第一个十年期。他特地梳理了一下，第一个十年到底都做了些什么。好像做了，又好像没做。他把自己所做过的事情记在文档里，通过大大小小的技术创新、技术竞赛，他已经获得了55次荣誉。

看着一柜子的荣誉证书，孟维也认定2012年将是他参加比赛的最后一年。比赛虽然也是对自己学术提升的一种评判方式，但学以致用才是最有效的检验方法，所以他只想潜心带好团队，把自己的经验和技术融进团队里。

他带着徒弟王海洋、李君、朱宇峰，到新的设备上工作了。

王海洋是二十岁进入徐工的，他进公司时也是孟维工作室刚刚成立之际。他看着孟维工作室里个个都是技术精英，一次机会让他鼓起了勇气想要进入这个团队。

那是2010年，王海洋去南通参加全国第四届数控技能大赛选拔赛。

在备赛期间，王海洋遇到了很多问题，产生了很大的压力。他想，自己一个人参加比赛，光凭自己的理解，想要解决很复杂的问题非常困难。他萌生了加入孟维工作室的想法。他想，如果加入一个团队，不仅可以学到加工过程中很复杂的方法，还可以找到辅导自己、指导自己的师父，外出比赛也就有人帮助自己了。他决定去找孟维申请进入团队。

“孟师傅，我能加入您的团队吗？”王海洋找到孟维后小心翼翼地问道，他的声音很小。

“你是怎么想到要加入这个团队？”孟维并不回答，而是反问他。

“我想跟着您学习，我想找个可以指导我、辅导我的师父。”

孟维听完递给了王海洋一本关于团队管理制度的资料，告诉他回去好好了解制度，如果想清楚了，三天后再来。

王海洋拿着孟维给他的管理制度资料，反复看了三天。第一天他看了，觉得也没有什么特别的，无非就是常规的工作制度与流程、职责及主要任务、人才培养机制、公关项目管理制度、人员激励评价积分制度这五个工作模块。他反复念着这五个模块，觉得有点不对，这个思维也太简单了：“难道孟师傅就是为了让自己了解这几个简单的模块吗？不会吧，他会不会用制度里的一个细节来考我呢？可是里面的内容会考到哪一条呢？”于是他开始逐条逐句记下来，用笔写了一遍。第二天他又背了一遍。第三天他找到孟维，说：“孟师傅，我想好了，我愿意加入您的团队，跟着您，请您收我吧。”

孟维问了他一个问题：“工作室管理制度的第三个模块里的第 3 条、第 5 条写的是什么？”

王海洋以为孟维会问目标任务啥的。他一开始有些发蒙，但是他快速在脑子里定下了序位，把之前抄写的画面定在了第三个模块的第3条。当时他抄写的时候就在想：“进工作室还要签订责任书？有点像是合同。”尤其让他不明白的是，为什么被帮带结者违反了规定，要帮带结者来承担呢。团队一点风险意识都没有，责任书都不规避风险。不过，也不要管那么多，能进入团队，就找到了帮扶的依靠，就相当于嫁出去的人回到了娘家一样，既有人心疼，又有人带。

王海洋回答孟维：“第三个模块是人才培养制度，里面的第3条是，徒弟或者帮带结对方，自签订责任书之日起，应严格要求自己，尊重师父，虚心学习请教，听从工作指导，刻苦钻研实践操作技能，确保规定时间内完成协议目标。”他回答完了，孟维点了下头。他又继续回答：“第5条是，在规定时间内，对经实践测试和理论测试两次不合格的被帮带结者，按技能三梯队或给予降级考核。被帮带结者违反生产质量和安全操作规程，违反公司、分厂各项规章制度，帮带结者承担被帮带结者生产、安全、质量等问题的责任。”孟维看着这个比自己小六岁的年轻人，要求他进入这个团队后要拿成绩来说话，要他好好跟着团队走。

一身蓝色工装的王海洋脚步轻快地走出了工作室，像是长出了一双翅膀。王海洋常常记得他的师父孟维说的话：“没有解决不了的问题，关键是你想不想解决。”事实上也是，工作中遇到难题，他就像是一颗缺水的树苗，耷拉着树叶子，没精打采的，只会说：“这个我根本无法完成。”有了师父以后就不一样了，遇到了难题他就去找师

2018 年 10 月 11 日，孟维在徐工技师学院授课

父请教，师父教他怎样找方法，他就按照师父说的去找。只要找到师父，问题就能决定，他总是说：“师父的话管用。”

在工件加工中，异型螺纹的加工是很难的。王海洋进行过多次尝试，都没有成功。不成功，他就去找师父。孟维告诉他：“得从你失败的件上找问题，到底是哪个点干不出来。”

王海洋听了师父的话，就一点一点去找。他先找设备，再找刀具，然后找行程，找参数，一个环节一个环节地找，每个环节都仔细核对。后来终于找出来了，是行程出错了，刀具也有问题。于是王海洋又重新制作了一个工装，用师父交给他的方法，把这个行程调到整合的范围内，这个行程问题就解决了。

解决了行程问题，还要解决刀具的问题，当时没有满足加工这种异型螺纹的条件。王海洋就从刀具上着手，包括刀具的形状、刀具的长度、刀具的半径与直径，一点一点找，最后又选定适合成型的刀具，一点一点地试。什么地方不合适就修改什么地方，修改刀具的时间用了很长时间，最后确实是如师父所说的那样，成功了。

干成一件事，王海洋也有了成就感，非常开心。他知道师父最喜欢的就是钓鱼。这个时候，王海洋就会趁休息的时候找师父钓鱼去。

王海洋上班的时候称孟维为师父，但是工作之余，一放松心情，他就喊孟哥了。

2010 年，全国第四届数控技能大赛举行。王海洋在徐州市比完赛之后，去南通参加选拔赛。孟维代表职工组，王海洋代表学生组，那是王海洋第一次参加比赛。他和师父孟维同坐一辆大巴车去南通比赛，在南通，师徒俩吃在一起，住在一起，学在一起，干在一起，全身都充满了力量。他们白天训练，晚上探讨。

王海洋第一次参赛，特别紧张。师父告诉他在比赛的过程中会遇到很多的困难——有可能机床会出现问题，刀具选择得不合理，机床的参数无法修改，加工时间不够。

孟维一样一样交代他："如果你的机床出了问题，你第一时间要先找裁判，因为要计时间，裁判确认后会给你延迟时间……总的一句话，要把心态放平摆正，比赛过程中，加工产品的好坏都不要影响你的心情，因为一套工件加工下来六个小时，不可能每个工件都会保持完美。"

孟维还是不放心，临近比赛了还在交代王海洋："刚开始不要忙着加工，要先安排工艺，把工艺理清楚，安排顺了再加工。”

王海洋进了赛场，真是怕什么就来什么，他碰到加工的设备出现了问题。他加工的尾座底件锁不死，拧也拧不紧，无法固定。这时他就想起师父的话，他不再自己去调试，他抓紧找裁判。裁判来了，确认的确是机床的问题，给他延迟了一段时间，时间一延长，就可以干很多工作了。那次王海洋获得了徐州市的技术能手的称号。

王海洋比赛回来，就想，有个师父真好，把真功夫都教给你，愿意带你，帮你，已经很难得了。这次有师父帮着努力，哎，成功了，整个人像是长了翅膀，要飞起来的感觉。

到了工作岗位上，有一次王海洋加工的零件流到了下部工序，装配时下道工序反馈回来说是废品，调试不对。问题马上就反馈给直接责任人王海洋。王海洋急了，他想自己是没有办法去解决的，然后就去找他的师父。孟维接到质量事故的消息，带着团队人员去到生产现场。团队人员开始找装备、找液压的问题。这次团队的专家帮着找到了问题症结，结果经过多次验证，问题并不是出自王海洋工件的尺寸问题。

王海洋跟着师父孟维去钓鱼的时候，孟维对他说，钓鱼也有鄙视链，台钓的看不起拿手杆的，抛投的看不起台钓的，路亚的看不起远投的。师父说不同的钓法有不同的技法。现在又发现了一种老六钓法，师父说老六钓法就是花最少的资源钓到最大的鱼。师父还会对王海洋说，工作和钓鱼也是一样的道理，都是有技术，也要考虑成本的。钓鱼也好，工作也好，都要不断提高自己的技术，投入最少的资源，产出更多的利益，减少成本，提高效率。

王海洋观察着师父钓鱼，他发现师父说今天要钓什么鱼，那就绝不会钓其他的鱼，即使钓到其他鱼了，师父也会把它放回去。

孟维放回去的鱼一般有两种，不是他的目标鱼他要放回去，另外一种是肚子很大的鱼要放回去。有一次，王海洋看到师父一整天都没有钓到一条鱼，好不容易钓上来一条大鱼，师父看看后就把它放回去了，王海洋不解地问师父："那么好的一条鱼为什么要放回去？放回去今天就白来了，钓了空。"

"大冬天的，怀个宝宝太不容易了。"孟维对王海洋说，每次钓上来的鱼都要看一下，肚子大的鱼要放回去，就是考虑到鱼肚子大可能是因为肚子里有鱼宝宝了。

那一天，孟维一条鱼也没有钓到。但是孟维并不失望，他对王海洋说：“想要钓目标鱼就要耐得住寂寞。如果钓不到鱼，绑个鱼钩子也是一种技能的提升。”他告诉王海洋，他的鱼钩子都有十万个了。他经常要练习绑鱼钩子的，如果钓技有了，绑鱼钩子的水平很差，即使钓到了大鱼，也会挣脱鱼钩子的。做什么都一样，既然做了就要做到最好。

师徒二人谈钓鱼，谈工作。王海洋问师父，如果一条鱼都钓不到，他会怎么想。孟维说钓不到鱼也是有原因的。

王海洋觉得师父孟维对他表现最凶的一次是，足足骂了他十几分钟。那是加工一个工件，尺寸偏大了，本来尺寸公差范围是0.01毫米，王海洋把公差范围减到了0.024毫米，结果把工件干废了。孟维就骂他，干数控车床加工零件的时候，要求按照偏差的中间值来干，加工之前的检测非常重要，加工后的检查也非常重要，万一不合格品流入下道工序，装配不了，这个责任就大了，质量问题可不是光批评就了事的，必须要被考核，严重考核的，有的考核是承受不了的。

听着师父的那些话，王海洋被吓得出了一身冷汗，幸亏工件还在自己手上时就发现了。

第九章 团中央的报告

2011年，孟维获得了全国机械工业职工技术创新先进个人，被江苏省列入第四期“333高层次人才培养工程”第三层次培养对象，获得了江苏省企业首席技师称号。

对于上述荣誉的申请与否，孟维曾经犹豫过。因为当时按照公司领导的建议，虽然他的成绩突出，但是人还很年轻，要他往后推两年，再锻炼锻炼。他拿不定主意，就去找师父。他把这个事跟师父说了一遍。师父一听，告诉孟维，如果成绩突出，那就当之无愧。

孟维现场工作指导

师父看着孟维犹豫的表情，问孟维：“万一荣誉是有期限的呢？”师父的话让孟维有了方向。他要按照自己的成长轨迹来运行。他觉得师父的话是对的，一草一木都有着适宜生长的时节，何况人呢。人生之路，该走哪步就走哪步，脚踏实地，一步一个脚印地走。有的事不能错过任何一个环节，就如同自己的工艺技术一样，少了一个环节都不能推到下一步操作。最终孟维果断申请了，也被评上了。

过了几天，师父对孟维说：“孟维，你去河边吼几嗓子出来。”孟维想，师父是不是在调侃他，但是师父的样子很认真，不像是和他开玩笑。孟维就真的照着师父的话，跑到河边去，东张西望，确定河边没有人后，才敢吼了一嗓子。开始也放不开吼，等吼出了第一声后，心里有些放松了，然后他又大声吼了几声，整个胸腔都打开了，他的心敞亮起来。

但是，回到车间里，孟维又不说话了，整天就只围着机台转，埋头搞他的数控编程。师父见他还是没有啥改变。就急了：“孟维，你去吼了没有？”孟维回答师父：“吼了。”孟维像个孩子似的站在师父面前。师父挠了挠自己的脑袋，告诉孟维：“有个叫什么超级演说家的节目，你去找来看看。”孟维记着师父的话，回家后就找那个节目看，又找了好几本关于演讲与口才的书来看。但是，孟维还是记不住节目和书本里教的方法，他仍然是把工作中重要的那句话说完后就再也找不到一句闲话来讲了。

过了一段时间，孟维到云南出差。这是他第一次去云南，也是他第二次坐飞机。

孟维刚下飞机，公司领导的电话就打来了。

“你到哪儿了？”电话那头问孟维。

“我给您汇报过了，我现在已经在昆明的机场了，明天从昆明到大理去。”

“你不用去了，你回来吧，这有紧急的事儿需要你干。”

孟维听完有些沮丧，自己好不容易出来一次，刚到昆明机场，连云南的一碗米线啥味都还没有尝过，就让回去了。

“能不能缓几天？”孟维实在是不想赶着回去。

“不行，你必须得回来。”孟维还想找个不想回去的理由，结果电话那头接着就下了命令。

“那好，我马上买火车票回来。”孟维开始正视这个紧急命令了。

“不行，你得买机票回来，公司给你报销。”

孟维转身就买机票去了。很不凑巧，没有直飞徐州的

孟维（中）与刀具厂家技术人员就刀具使用问题在现场交流

机票，只能买飞南京的机票。他只好飞到南京，再从南京坐火车到徐州。

孟维一到南京，就去火车站买了火车票。他准备在第二天上班前赶到。反正能赶的时间，一分钟都不能耽误。

第二天早上八点，孟维出现在公司领导的办公室。他默默等着领导安排。

“现在需要你去趟沈阳。”

“我还没吃早餐。得买点吃的。”

“来不及了，你抓紧，我送你去沈阳。”

孟维上了火车，又累又饿。就在这个时候，孟维意外发现，他的连襟也在火车上。他们寒暄了几句。留意到对方带了一堆吃的，孟维毫不客气地说：“拿来先垫垫肚子。”

到了沈阳，孟维实在觉得纳闷了——这到底是要来干个什么事？他管不了这么多规矩了。

“领导，我钱也交了，花费了那么大的代价又回来了，到底是什么事？”孟维等着领导给他透露消息。

“有个重要的活儿。”

“我知道，是重要的活儿。”孟维有些急，心想这葫芦里到底装着什么。

“团中央有个报告要你去沈阳讲。”领导沉默了几分钟，还是告诉了他。

“啊。”孟维紧张起来了。这个活儿对他来说简直是天大的难事。要他去搞一个工艺设计，他非常乐意，可是叫他写个报告，那可就难了。平时开个会，要汇报个什么事，他最多不超过两百字，多一个字都写不出来。要是用口述的方式，他也最多不超过三句话。

但是，这是重大任务。再说了，沈阳曾经是全国劳模的燎原之地。孟维一想到沈阳这个有着无数职工梦想的地方，全身都充满了力量。还没等他仔细酝酿，他开始有了演讲的思路。他看着从徐工技校穿到现在的一身蓝色服装，它像是一双羽翼，护佑着自己的成长。蓝，是包容，是力量，是创造，是蓝图。孟维很快确定了演讲题目——“我的蓝色梦想”。他连夜写演讲稿，对着镜子读稿、背稿。

孟维突然想起了师父的话：“孟维，你能不能去河边吼几嗓子出来？”这时他打开胸腔，放开喉咙，大声读他的宣讲稿。他想象着台下的听众、领导。他的耳边甚至响起了阵阵掌声。

就这样，孟维走上了宣讲台，他第一次在台上听到了自己的声音：

孟维在车削加工固定体

“船，因为有舵而远渡重洋；雏鹰，因有翅膀而在蓝天自在翱翔；而平凡的人，也因有梦想而铸就生命的辉煌！”

掌声响起来，孟维的血液翻滚，化为一腔深情：

“九年的风雨，从未动摇过我的信念；忙碌的工作，从未降低过我的热情。飞速旋转的车床里，已经倾注了我太多的爱与梦想。当我走出校门踏入徐工的那一刻，那片蓝色的风景就随风飘进了我的心里，定格在了我的心灵深处，继而激起一种强烈震撼。在日后的工作中，这种震撼和那片蓝色就如影随形般伴随着我前行的每一个脚步。”

礼堂一片安静，只有孟维的声音，他倾诉着九年的衷肠：

“‘三分手艺，七分刀具。’作为一名车工，重要的是把刀具磨制好，练好基本功，从而提高自己的技能。最初的我，只是身着‘徐工蓝’的一枚光点，闪耀在普通的岗位上，用我的梦想作热源，沸腾我的梦想，沸腾我的蓝色情怀。而现在的我，更渴望将这枚蓝色的光源埋在徐工广袤的热土中，让更多的‘徐工蓝’踏着我的脊背，成长为徐工新一代耀眼的明星，和我一起共同铺成一片蓝色的天空，让‘徐工蓝’升腾在世界级工程机械之巅。”

那一刻，孟维的雄心和壮志，伴着阵阵的掌声，长出了蓝色的翅膀，飞向远方。

第十章 方寸之刀雕刻世界第一吊

孟维决定从车床使用的刀具上找突破口，这是他在技校学习时候就常接触的工具。他把世界上几大刀具厂商的信息翻了个遍，都没有发现有生产这种刀具的。现有的刀具已经不能满足加工需求了，他必须改进传统刀具。

一旦决定了，孟维就开始专注于这一目标。休息的时候，也会在脑子里不停推演，甚至在推演过程中，梯圆螺纹流畅的曲线就会在他的脑海中，牙型线层似乎在他的眼前展开。他想起师父说过，任何一种物品都是有路的。

路，纹路，螺纹之路。他回过神来跟自己说：对了，就是要顺着螺纹之路打造。

分层法。孟维展开牙型的线层，把牙型槽分成若干深浅不一的深度和宽度。他要为异型螺纹量身打造一套刀具。关于刀具，古人制刀具有“凡铁兵薄者为刀剑，背厚面薄者为斧斤，刀剑绝美者以百炼钢包裹其外，其中仍用无钢铁为骨。如非钢表铁里，则劲力所施即成折断”的经验之谈。古代之人能做出绝美之刀剑，而今之人站在前人的肩膀上，也会有更睿智的制造方法。

其实，每一代刀具有每一代刀具的使命。古人把刀具当作兵器，除了拥有者的武力使用，还置放于门旁，以此作为身份地位的象征。所谓兵强马壮，指代的应是国之重器，体现的是国之强盛。而今天孟维要制造的刀具已经被赋予了新的时代使命，它是中国制造的利器。孟维想，再往前推的话，如果这套刀具做成功了，解决了异型螺纹这一难题，能让承载 2600 吨级的全地面起重机伸向空中，那么这刀具就成了置于国门的刀具了，成为强国之基，国之重器。但是这个想法暂时只能放在他的心里，因为公司有过规定，在一件事没有成功之前，不能向外透露任何一点消息。

孟维只是默默做事，他此时要突破的是一个世界级的难题，在技术上、心理上、个人层面、企业层面都是一个巨大的压力。他只是埋头做事，潜心钻研。

孟维把他工匠的元气再一次藏纳，敛起了曾经展开的羽翅。

孟维明白，“中国制造”的方向是从“制造大国”向“制造强国”迈进。2009 年入党之后，他的政治学习机会就多起来了。学习的精神，始终围绕国家的方针政策、目标任务，强调的也是把学习精神落实到工作中去。

早在 2014 年，江苏省人社厅就已经派出了一批高技能人才前往海外研修。孟维参加了这次的研修班，去了一趟德国的工业重镇——汉诺威。在德国，孟维了解到，他们国家百年以上历史的企业都非常注重品牌，而品牌靠的是品质。他梳理了一下逻辑——好品牌靠的是好品质，好品质靠的是好技术。

在德国汉诺威，与当地学校的老师交流时，孟维发现我们国家的机械加工在方法上并不落后，甚至比德国还要强，但是在基础材料上我们不如他们。

孟维受德国师傅的邀请，到德国师傅家里做客。在德国师傅家，孟维看到了德国制造的一些设施非常精密，给了他很大的触动。耳听为虚，眼见为实，他相信了德国拥有几百家的百年企业并非是一组数据，而是囊括了工匠的精神。

孟维由此认识到，尽管我们的加工工艺比较先进，但是外国在基础材料的研究上确实做得更好，而我们在材料研究上确实薄弱。就拿芬兰、瑞典的钢材来说，同样的工艺，人家的材料就不变形。但国产的材料，有可能加工完，一松开，钢材就由平板变成了锅盖。

孟维知道，自己在加工工艺上虽然取得了一些成绩，但是各行各业都在发展，全球都在你追我赶，稍微停下来打个盹儿，就意味着要后退了。

在数控这条路上，刀具是雕刻的利器。螺纹难造，匠心开道，孟维把螺纹用剥洋葱的方法，分成若干层，一层做一把刀，总共做了十八把刀。这十八把刀将用在异型螺纹的部件上。一个部位一把刀，一把刀一个部位地雕刻。

这十八把方寸小刀，将以最弱小的方式攻克着至坚之钢铁，以寸刀不怕尺钢的哲思与智慧，聚力刻画着中国第一吊乃至世界第一吊的核心部件。

孟维将自己独特的方法用在了制造上。他正以拳头那么小的一颗心，征服着世界之最。

孟维在现场操作设备

好事多磨难。这拼接出来的螺纹，在拼接的衔接部位，留下了雕刻的痼疾。人与物的相通之处在于，人若有了薄弱点，各种风邪病毒就会来攻击。物若有了薄弱环节，负能量就会来攻击。人、物都如此，哪里薄弱就会被攻击哪里，所以在试验的时候，梯圆螺纹就从这些最薄弱的痼疾上断了。

孟维开始问诊把脉。这种痼疾受到了外部因素的影响，各部分之间产生了相互作用的内力，形成了变形的应力。他明白了，在拼接的过程中，进刀车削螺纹的时候，接刀部分处理得不是很好，导致了它的应力集中。应力集中，在极限拉伸试验时，就从接刀的位置断掉了。这个痼疾就是应力最集中的地方，是螺纹断开的地方。

螺纹身上的痼疾就是孟维心里的痼疾。螺纹的断裂就是孟维心上的裂痕。痼疾不除，无以为快。断裂无愈，责为无尽，任为不胜。他开始调整他的程序。改变程序后，又从头开始雕刻整套螺纹，螺纹车削后，接刀的部位变得平滑、流畅。但是这流畅的线条，不代表有足够的承受力。孟维的心还是悬着的。他消除了梯圆螺纹的痼疾后，又进行了第二次试验。测试时，他的心里只有一个想法，那就是任何理论都是要通过实践来验证的，理论是固化的，人是活络的，成功也不是随随便便的。还有一点，他也非常清楚，在实践过程中，不能放过任何一个细节、任何一个环节，一个小小的迹象都是他寻找的根源。

第二次试验也没有成功，这次的断裂在圆弧的过渡处。孟维看到这个问题的时候，他心里有了一丝光亮。他认为，有问题，并且能看到问题，就是一件好事——有问题就有针对性，哪里不通修哪里，顺着疑难之路寻找，总能找到解决的办法。

孟维说，困难生着一双势力的眼睛，你弱它就强，你强它就弱。人与困难总是相伴在一定的距离中，像两个舞伴，你进我退，我退你进，相行相进，你若遵循着规律，那么困难就与你进退有序。于是他仔细观察、测量、计算、拼凑，找出了这一次的失败原因，是圆弧的弧度不够，导致应力太集中，应力集中的地方就是容易断裂的地方。

孟维修改了圆弧的弧度。在工程力学中，内外环境的因素都会影响它的受力，在通常情况下，工件受到的温度、力度，甚至工件的尺寸、规则程度，都会影响它的承受力。这就如同人的心理情感，总是受到喜怒哀乐的影响一样，所以人的最高境界就是难得的中和，而物的最高境界应该是难寻的均衡，太过和不及都是导致断裂的原因。

孟维修改了圆弧的弧度后，进行了第三次试验。

这一次，孟维心里有了成功的把握了。可是，第三次试验的失败，再一次浇灭了他的希望之火。

孟维对自己说，当年自己从秋千上飞出墙外的时候，也是经过了千锤百炼的。要想飞得高，飞得平稳就要学会预判飞行的轨迹，专注用力。自己还得从头再来。这次从断裂的迹象上分析，断裂的原因应为材料的刚性、韧性的问题。于是他再进一步更换了工件的材料。他把工件的材料更换成了最有刚性、最有韧性的一种材料，从头再开始。做一个梯圆螺纹，没有三天时间是完成不了的，在这三天里，他只能专心做一件事。都没有时间和孩子、老婆在一起好好吃顿饭。每天是最早一个到厂的，也是最晚一个下班的。

又过了三天，孟维终于完成了梯圆螺纹的车削、打磨。梯圆螺纹以最流畅、高精度的形态出现在了他的眼前。

孟维投入了第四次试验。这一次的试验成功了。他长长地呼出一口气。整理一下蓝色的工装，仿佛自己肩上长出了一双翅膀，全身轻盈。

孟维注视着尺寸之件，期待在机械转动的节奏中，旋转出曲线美的形体。他要用自己的双手打造世界第一吊，他要守护“金牌专家”的擂台，也要推翻曾经在他耳旁说的那一句“技能好不好不重要”的冷言冷语。

第十一章 灵魂的拷问

曾经，有工友对孟维说：“其实，技能好不好不重要。”孟维抬起头，直视着对方：“那你认为什么才是重要的？”

工友回答：“混得好才是最重要的。”

面对工友的这句话，孟维沉默了。他明白工友说的“混得好”这三个字有着别样的意思，它是人情世故，是投机取巧，是八面玲珑。

孟维参加过许多场的答辩，面对着不同程度尖锐的评委，从来都是淡定自若的。面对那些唇枪舌剑，他都能抵挡回去。可是从来没有哪一场辩论像这一次这样充满了危机，让他的心蒙着一层吹不开的雾气。

孟维知道这种迷雾的危害，因为在他上小学的时候，在迷雾重重的早晨，偏离了村庄，越走越远。当他觉得越来越陌生的时候，已经走了近两个小时了。他只好逢人就问，最终顺利返回村庄。他由此知道，人在迷失的时候要问，问一切可问的人和事物。

孟维回想一下，在自己的生活中曾经成绩比自己差的同学，有的当了老板，有的已经是教授，有的也走上了领导岗位了。他们不是手艺人，他们走上了不同的人生道

孟维在三坐标检测室讲解操作要点

路。而在这些人当中，有人只知道他们的光鲜，却不知道他们在他们各自的领域里苦过。自己不知道的苦，不代表着他们就没有苦过。他想，谁能随随便便地就成功了呢。

孟维开始反观自己的现状。自己虽然是一名技术人员，但是当自己研究的技术成果一次次被推广，把个人从繁重的劳动中解脱出来的时候，当他把工作中的一个个技术难题解决之后，他觉得有种被需要的幸福。

这时的孟维挺直了腰板。他找到了自己的答案。不管工友能不能接受，孟维决定用自己的方式进行答辩。

“你难道不知道你这是在欺骗自己吗？”

“这是我看到的一个现实。”

“一个生产企业的技术工人，认为技术不重要，那是多么愚蠢。”

“你是幼稚的。”

孟维的思辨越来越清晰了：“我们是靠技能生存，凭借一场又一场的竞赛考验过来的人。我们不是依靠嘴巴来生活的人，我们就是靠着这双掌握着技能的手才有了今天的生活。”

工友张着口，欲言又止。孟维不给他还击的机会，他继续说道：“如果你认为技能不重要，混得好才是重要的，那你能大声地告诉那些技术人员，说技术不重要，要混得

2021 年 10 月 20 日，孟维给徐工集团新入职大学生授课

大器

好才重要吗？”

孟维停顿了一下，直视着工友质问道：“你敢吗？”

工友瞬间涨红了脸。

孟维说：“不是每个人都能看上你的那一套做法。那时候，靠山山会倒，靠人人会跑。”

孟维的一席话，最终说服了工友。工友说：“有道理。一招鲜，吃遍天。”

“对，我们就是要建立有被需要的那种自信。”孟维肯定地回答道。

从此以后，孟维经常拿这句话来警醒年轻的徒弟们。他对年轻的徒弟们说，不要否定自己的专业。从个人的利益来说，技术技能是我们走入职业生涯的敲门砖，是我们成长的重要基石，因而才有句话说“天干饿不死手艺人”。从更高的层面来说，技术技能也是国家发展的重要基石。如果大家都认为技术技能不重要，要混得好才重要，那学校培养出来的人就都成了些什么样的人了？这种“混得好”的人，即使是有暂时的欣喜，往后也必有悔恨。我们靠的是双手，我们就是要追求从手艺人走向工匠，从工匠走向大工匠。“工欲善其事，必先利其器”，这才是硬道理。

孟维从自我的灵魂拷问中，渐渐走出了迷雾。

第十二章 特殊的考验

2012 年，孟维获得了全国技术能手称号，获得了江苏省有突出贡献中青年专家，入选了江苏省好青年百人榜。这一年，他开始想着潜心带好团队，想着把自己的经验和技术融进团队里。于是他带着徒弟王海洋、李君、朱有峰，到新的设备上工作了。到了第二年，他主创《降低销轴磕碰反馈率》项目，通过自制起重机滑轮轴，铰点轴专用装夹工装，解决车削、铣削等工序防护难题，在加工中采用宏程序方法去除毛刺，解决异形面边缘飞边毛刺问题；

自制专用转运工装等措施，实现了加工、转序过程的无磕碰运输。这个项目在团队探路者QC小组中，获得了全国机械工业优秀质量小组活动成果一等奖。

2013年，孟维获得了全国机械工业劳动模范称号，获得起重机械事业部优秀共产党员。

作为久经赛场的老将，孟维决心要投入生产研究中。但到了2014年，公司又把他推了出去，他不得不又上了赛场。这个时候，孟维在业界已经是名声大振了。孟维的参赛，意味着在这场竞赛中，其他的参赛选手就难有胜出的机会了。孟维也觉得他大大小小的赛场都经历过了，各类奖都已经拿过了，他不应该再上赛场了，他的任务是专心带好团队，把学到的本领都用在实际中。但是不去还真的不行，问题出在参赛人员的入职年限不够，不具备参赛条件。参赛资格审核不过，公司没办法让他们出去参赛。享誉全国的徐工集团，在这样的场面又怎么能缺位呢？公司再三考虑后，又把他推向了赛场。

这一次的参赛是孟维没有想到过的一种特殊考验。

首先是小号的比赛服。这个时候的孟维已经不是多年前那个瘦小的青年了，他的身体开始发福。在这么多年的竞赛中，这位久经沙场的老将那头曾经的黑发开始变成智慧白发了。这智慧白发多少让他在同龄人中显得有些沧桑。他开始不留头发了。剪了头发的孟维显得方头大耳，脑袋光亮，眼睛有神。他的光都聚在了头部。

领取比赛服时，孟维以为都会有合适的参赛服。但他在试穿的时候，却发现他的比赛服是小号的，扣子扣不起来，明明是长袖衣服，但袖子只在胳膊肘处。他的手臂一伸，就被袖子箍住了，伸展不开。拉链也没法拉上。他报告工作人员，要求换一套大一号的比赛服。工作人员说，这是最后一套工作服了，没有多余的。

孟维知道，如果现在脱下了比赛服，那就意味着他会放弃比赛资格。他管不了那么多了，衣服只是参赛的一个标志。参赛服在加工工件的时候具有保护作用。他不能因为比赛服就临阵脱逃。

孟维心想，今天一身深蓝是自己竞赛的标志，尽管小了一个号，但是它就是长在他身上的翅膀。蓝装上的一根纱就是他身上的一根羽毛。

想到这儿，孟维不再去要求什么了。他敞开胸怀，走向赛场。

孟维走近了他的参赛工具车，眼睛朝着前方，他要快速推过去，在赛场上，时间就是效率，速度就是胜出。他用力，想快速飞跑的时候，他发现工具车是那么重，重有千斤。他使劲推，轮子不会动，像是安装了制动器。

别人是轻车上阵，难道自己的工具要比别人多一些吗？他数了数——钻头、扳手、车刀、卡尺、千分尺、百分表，工具不多呀，就是一样的呀。

孟维开始着急了，他再推，发现轮子陷进了棕黑色的地毯里面了，他仔细看，发现地毯有近 30 毫米厚了。他发现他的工具车比别人的要大一个号，车轮直径也有 60 毫米那么大。这种车轮只适合在硬实、光滑的地面推动，但是现在的地面都铺了厚厚的一层地毯。他拉不动。他左右搓动，希望车轮能移动。当他再使劲左右搓动时，车子侧翻了，工具散落了一地，他本来想把工具重新装进去，但是再装也还是一样拉不动。

孟维因此只得把工具分成几次，推向赛场。其他的选手早已把工具车推到了工位上时，他还拼命拉着这个工具车往自己的工位上走。当时他的心像被一种无形的磁场打乱了一样，他东想西想，就这么一小段路，他就像是走了

孟维（左三）和团队成员探讨工作

几百公里一样。

如果以这种心情去参赛，那结果肯定是自我覆灭。必须调整好现在的心情。如果自己连情绪都不能掌控，那就失去了比赛的意义。比赛，赛的是心态，赛的是技能。尽管孟维比别的选手落后了差不多十分钟，但他复杂的心情慢慢归于平静了。

孟维对自己充满了信心。他的心率又从低落的谷底回升，他开始变得更加有力了。

孟维并不忙于加工，他开始观察。他发现他赛前看现场时，看到的参赛设备与现在的不一样了。于是他的心又烦躁起来，为什么其他参赛者，赛前看到的是什么设备，赛场上就用什么设备，唯独自己的设备要临阵换掉。他在赛前现场，仔细观察了自己要用来参赛的 A 设备，并推演了这台设备可能会有哪些故障，尽可能多想到几种解决方案。他在赛前做了大量的备赛工作。

到了比赛现场，现场的工作人员告诉孟维：“A 设备的系统坏了，正拆散了修理，你只能用 B 设备。”

孟维没有了选择，只能用不熟悉的 B 设备来参赛。

孟维开始把工具按照类别，一件一件摆在工作台上：刀具、量具、钻头、扳手……他要做到每一种工具都在定置线内，这样一来，每一种工具都一目了然，触手可及。

把一切工具定置好后，孟维去工作人员那里领来了图纸。他把图纸展开，开始仔细审阅图纸。他开始一个角度、一个线段、一个部位对照着图形参数来测量。皮尺、钢卷尺、直尺、圆角，每处都不放过。可是他在测量的时候发现了一个致命的问题。他发现设备尾座的中心高偏了。他怎么量这台设备的尾座中心高都是偏了 1.5 毫米。

孟维立刻和现场裁判沟通。可是工作人员说这台设备的中心高是没有问题的，完全能满足他的加工需求。这时他担心工具有误，就动用了所有的测量工具，几组测量数据结果是一致的。

孟维确定这台设备的中心高确实是偏了。“为啥恰恰是自己的这台设备有这样那样的故障呢。”他有点恼怒。但是赛场上的风格压住了孟维的恼怒，他不能责备任何人，只能自认倒霉。

孟维想，这个中心高要是左右偏了，还可以通过调整它的螺栓，左右沿着 x 轴来调整。但是，这可是上下偏，是没有办法处理的，除非从高度上切除。切除是一种无可奈何的做法，一旦切除，就破坏了机床。这是不允许的。

孟维很肯定地告诉工作人员，这个设备的尾座中心高确实是偏了 1.5 毫米。他要求换一台设备。

工作人员说，这个设备没有更换的可能，因为这是比赛的最后一台设备。

听完工作人员的话，孟维非常绝望，他的绝望变成了一场伤感。此时他觉得赛场非常冷凉，那台设备正冒着寒光朝着他笑。机床的冷笑直逼他的心脏。他现在就像是掉在悬崖峭壁上，抓住一根将要折断的树枝。他没有想过，自己会以这样的方式败走在这场赛程上。

孟维正要脱下他身上短小的、扣不了扣子的小码衣服时，他发现窄小的衣服紧紧贴在他的肩上。

“穿上难脱下更难。这是我的戎装，这是我的羽毛，是我的翅膀。”他对自己说，“我怎么能轻易地卸下我的翅膀。”

刹那间，孟维感觉他被蓝装箍紧的肩膀，正在一点一点地变大，他的肩膀正在长出一双蓝色的翅膀，这双有力的翅膀，发出了耀眼的蓝。

孟维开始从容地仔细检查机床辅助功能设施：润滑油、冷却液、防护罩、电源、线路……这时，他发现机床里没有一滴切削液。孟维将这一情况报告给工作人员，工作人员却回复他切削液是加满的。

听到这样的回复，孟维不再有杂念，而是礼貌地邀请工作人员再次确认。

当工作人员确认确实没有一滴切削液时，孟维安心地等待工作人员慢吞吞的步子。他看了一眼时间，加切削液的时间足足用去了 15 分钟。此时，障碍、时间、情绪已经不能影响他比赛的节奏了，因为他要的是一种度——是完成度，而不是速度了。他不是在参加比赛，他是要完成一项特殊的使命。这项使命与个人的名誉无关，与参赛名次无关。他决定走完整个赛程。败也要败得完美。

物可摒弃，事不可放弃。孟维开始变得冷静。他对自己说："设备的中心高度偏了，可人不能偏。要遵从自己的内心，寻找一条正确的途径。"

孟维不再绝望，不再伤感。他不再按照原来的工艺路线，而是尝试设计自己的工艺路线了。他开始整理他的工具，他在设备的工件上测量着，他的手每到一处，都觉得

孟维在工作现场

这个工件是他熟悉的朋友，是他志同道合的朋友。他曾经和它朝夕相处，讨论着加工的精度，他与它彼此疏离又彼此吸引，彼此修正又彼此欣赏。他伸出了手和这位老友握手重逢。

按照比赛规定，工艺路线是不建议做新的冒险尝试。

但是，到了这个境地，比赛对孟维来说已经没有实际意义了。他的任务只是把一件事做得完好。他核对完图纸，分析完工艺路线，开始重新定义加工路线，他要改变设备原有的加工工艺路线，走出一条全新的路线。在这条全新的路上，他打破了规定，而又在规矩之内。

孟维采用了另外一种打孔方式来定义他的中心高度。他完全改变了整个工艺路线。他在机床的屏幕上，开始编制程序。六个小时的时间在一分一秒地过去。他能做好一步是一步，但每一步都要踏踏实实的，不漏一个细节。他一边凝视他做的每一个细节，一边想："比赛的名次是拿不到了，但是我代表着公司的形象，即使拿不到名次，我也要认真地完成一件作品。"

那一刻，孟维的心里没有想着参赛，他只是在做一件产品。他仔细推演着一道道计算公式，把思路一条一条理清楚，他的目光没有离开过他的屏幕。他把编好的程序输入系统，启动按钮。切削液散在刀具上，洒在工件上，飞花四溅，机床发出了平稳的切削声。

当参赛人员都离开赛场的时候，只有孟维一人，还敞开蓝装继续他的工作。

在这场特殊的考验中，最终孟维拿到了省级第四名。

这一年，孟维第二次获得江苏省五一劳动奖章，被评为江苏省技能大师工作室领办人。

第十三章 不动脑子的活儿

2016年，孟维所在的徐工集团作出了纵深谋划，在软件支持和硬件设施保障上都要有一个质的提升。这一年公司规划，要在2018年完成旧厂区到新厂区的易地搬迁任务，要求2016年下半年到2017年加紧生产，提高生产量，保障搬迁工作和生产工作两不误。

也是在公司规划谋略发展的这一年，公司分厂接到了最大的一个订单——起重机核心零部件的加工任务。孟维接到任务后，一时有些发愁。他知道多数人在技术上相对薄弱，要在短时间内完成任务，这无疑是个棘手的问题。

因为棘手，所以才要承担，不管多大的困难都要顶上去。要提质增产，人和设备是两大关键因素。怎么改、改什么、改到什么程度、效果如何，都是技术开发的问题。孟维作为公司的技术骨干，责无旁贷，他开始探索解决问题的办法。

但是这个事得分步走，不能走太急。不盲目，要精确，一步一个脚印走实。

一开始，在这个核心零部件加工中，设备尾座轴承出现了问题，孟维不做武断判定，而是循序渐进，让加工的师傅渐渐接受改革创新是必然的。一开始他只要求更换尾座机油。更换尾座机油之后，还是不能解决问题。孟维就重新做一个尾座，把尾座球保存，完整复制出一套新的技术。这套新的技术轻易就把这个问题给解决了。

孟维在机床加工的整体工艺上摒弃了以往师父的旧思想。他也不是要背叛师父，只是随着知识的不断积累，他看到了高效生产的阻碍在于老化这个环节。设备陈旧，公司一时半会也不可能投入一大笔费用来弃旧换新。要想节省成本，投入最小，产出量大，只有改变设备工艺路线。通过仔细钻研，孟维把以前所有的工艺路线都推翻了。他要大胆按照自己设计的工艺路线来做。他采用多刀控制，运用竞赛过程中学到的一些方法，调整装夹的精度，包括外协提供的毛坯材料的规整，都设定了标准。

这个时候，孟维知道要是设计不成功，他会遭遇什么样的评判。他非常周密，反复在设计图上不断推演。当一套完整的工艺呈现出来时，为了检验自己设计的效果，孟维把自己设计的加工路线放到一台没人使用的破旧的设备上实验。结果，如他所预料的那样，机器转动了，加工出来的产品精度比原来大大提高了。孟维悬着的心这才随着机器转动的节奏平稳跳动。

新方法倒是设计出来了，可要怎么推广，也需要慎重考虑。孟维不能张着嘴巴到处去请人来试用，那就成了自卖自夸。

孟维决定采用亲和推广。他要顺势而为，寻找成熟的时机来推广。人或多或少都会有惯性思维，如果硬推有可能适得其反，有的人会不接受："凭什么我要用你的方法？凭什么我要听你的？"

孟维不再时刻盯着设备，他开始寻找推广的时机。他发现离设备不远处有一位师傅。这位师傅不时往他这边望。孟维暗自高兴，机会来了，有人关注就能建立交流的桥梁。

“师傅，我现在要去开个会，能不能请您帮我看着机器干活儿。我大约一个小时就回来了。”孟维走过去注视着这位师傅的眼睛说道。

这位师傅听说孟维要离开，马上站直身子，理了理衣服的下摆，即刻问：“这活儿我能干吗？”

孟维看到对方有学的愿望，就说：“这个很简单，比你这个还简单。”这位师傅跟着孟维来到了设备前，孟维乘机教他，交代他在规定的时间内帮他上活儿，指给他上活儿的时候要在哪几个点上测量一下。

这位师傅问：“你上一件活儿，还需要测量吗？”孟维告诉他只是关键的几个点要测一下。交代清楚后，孟维看了下手表，就离开了。

时间过去了一个小时，孟维没有回来。这位师傅又帮他干了一个小时，一个小时又过去了，他还是不见回来。这一天，孟维就没有出现在这台设备前，他也没有接到这位师傅打来的任何电话。

渐渐地，这位师傅发现，原来人人都不愿操作的一台设备就这样运转了一天，也没有出现什么故障。机器运转的声音也不刺耳，而是平稳地工作着。他想，孟维这小子是妙手生花了呀，人不在这儿，干的活儿比他的还多。尺

2023 年 11 月 29 日，孟维为徐州工业职业技术学院授课

寸也没怎么控制，干的还比自己的精准。

第二天孟维来上班时，这位师傅已经在设备前恭候多时了。他问孟维是怎么做到的，把一台破旧设备搞得比新的还好使。孟维通过这几天对这位师傅的观察，他认为这位师傅的焦点已经聚在了这台设备上，是时候把这个方法告诉想要学习的这位师傅了。于是他细细地给这位师傅讲解。他告诉他，尺寸也是有方法控制的。“比如，这个杯子杯口的尺寸是固定的，我要把这尺寸划定在一定的范围，给它比头发丝直径还小的公差。”他拿起一个杯子打比方。

“你这个发明，不但解脱了普通工人的劳动强度，对工厂来说也可以节约一大笔成本。”这位师傅通过使用孟维的方法，感受颇深。

孟维和这位师傅第一次有了同事间的默契，他们的交流像山间汇合的溪水往远处流淌。

“你说的对，锉刀的消耗节省了。”

“是的，虽然一把锉刀不值多少钱，但上百把的锉刀就有账可算了。”

“还减轻了一定的危险性。”孟维补充道。

“孟师傅，你把我们加工浪费的时间都找回来了。”

“你发现没有，工件的倒角倒圆变得比以前漂亮了。”孟维指着锃亮的产品说。

“简直是神了。”

“给您也体验体验吧。”孟维顺势就把自己的方法复制到这位师傅的设备上去了。

这位师傅顺溜地启动自己的设备，他的机器平稳地运转起来。他对孟维说：“孟师傅，您不用干活了，我帮您干，您忙其他事去吧。”

在以后的几天，这位师傅动不动就说：“孟师傅，您不用来了，我来帮您干。”

孟维在现场的时候，这些工友都不过来问。孟维把这活儿教给了这位师傅后就走开了。等孟维一走，车间里的工友陆陆续续跑过来向这位师傅问这问那。又过了几天，这事就在公司传开了，说干这个活儿不动脑子，工资还拿得多，体力劳动还轻，人也不累。

被嫌弃的陈旧设备在孟维的手中焕发出了新的活力。随之而来的是，这个曾经冷落的岗位变得火爆起来，甚至以前不愿在这岗位干活的人，又开始托人说情，要回来。他们哪里知道，他们干活儿不动脑子时，是孟维为他们先动了脑子。

接下来的几个月，徐工来了一批新学员，他们也在这些设备上使用孟维的方法。孟维通过不同操作者的长期检验，不断总结，最终写入了产品加工操作指导书和检验指导书。这个操作方法，叫固定体加工法。它正式成为公司加工的一个标准。

孟维确实不善言辞，但他有着良好的空间感，他在思考第一次改变时，往往会想到下一步，他总是针对他的一次设计想几套方案。等成功实施第一套设计方案后，他又会启动第二套方案。

2017 年，顺着孟维的自我规划，这个操作法成功启用后，他又启动了自己的第二套方案。他要在第一套方案的

孟维接受媒体采访

基础上，把这个产品做成关门出成品的一个完美改变，也就是在加工中途不需要停下来再做一些调整修正，而是把工件放进机床里，门一关，到时候出来的就是完整的合格产品。在这道工序里，他引用了枪钻高速加工的理念。任何一个理念的引入都要做整体的分析论证，并评估它的实用性、有效性。孟维这个理念的引入，是符合企业的发展路径，符合小投入高产出、高效率低成本的原则的。

第二套方案延续了第一套方案的灵魂，其最大的优势在于把设备冷却压力值提升到最大，外观也彻底改变，把孔面固定在四个平面上，使其更适宜自动化加工，并且表面粗糙度也提升了两个等级。最明显的改变是工作效率提升了十倍，原来打一个孔需要五十分钟，改变之后，打一个孔只需要五分钟。技术让人从繁重的体力劳动中解放了出来。

在第二套方案里，孟维改变成孔固定的想法，也是工序集中的需要。如果原来的锪孔加工工艺继续使用，会花很高的代价，并且受到工件外圆及高度的限制，加工四个锪孔，无法实现数控设备的加工，需要转到摇臂钻床二次装夹加工。在转序过程中，会影响固定体加工的效率和质量。孟维通过分析，决定把成孔的位置改成平面，平面就可以通过加工中心四轴配合侧铣的方式来完成。这个计划粗略实施了自动化加工。

当整个自动化加工全流程走通之后，改变锪孔固定法正式申报《关于固定体锪孔的更改报告》的项目。2018年，固定体成孔在前期大量铺垫上，投入了自动化生产线。在这套固定体工艺路线成熟应用后，产品的毛坯发往了中国台湾。孟维做好了去台湾出差的准备。

出发前领导找到孟维。

“孟维，我知道你为这事付出了很多，但是这次出差的名额非常有限。”

“我明白了。”

孟维想起了师父。他把这件事说给了师父。师父听完后一句话都没有说。

孟维想，不出门，就在家全身心地放松。

有一天，孟维手机没电，充电时人就去忙活了。等孟维想起来时，打开手机一看，看到手机上有好多个未接电话。原来，是公司的技术人员打来的电话，说验收干的活儿都不对，尺寸都是错的。

孟维在自己的脑袋里做了快速而大胆的推演。他们一定是没有使用他的方法去加工。如果不使用刚刚设计出来的这套方案，这个厂家的活儿是干不好的。

推演完之后，孟维觉得这个事情很严重。对方的设备是先进的，如果加工不合格，对方肯定会认为是公司的料有问题。如果这批上千万元的加工订单交不了货，后果会非常严重。他觉得一刻都不能耽误，万一全加工废了，那就挽救不回来了。

孟维告诉他们一定要用他设计的这套工艺路线加工，最终他们按照孟维设计的工艺路线解决了难题。

第十四章 把核心技术掌握在自己手中

孟维在设计一个零部件时，总是会保留三套以上的基础方案，推广当前最适宜的方案。就是这些基础方案，为今后预留了升级的空间。

2018 年，要不是因为套筒这个技术掌握在少数公司的手中，被卡了脖子，孟维也不会急着突破这项技术。他就是要证明，他们徐工也能自己生产。

套筒是徐工的一种特种起重机的一个部件。原来一直由徐工的一家外协公司供货。但这家外协公司给徐工配套的起重机的套筒有大量次品，如此多次，徐工简直是到了忍无可忍的地步。后来徐工采取了一些到货检验措施，但还是不能完全杜绝次品到货率。于是每批供货，徐工质量部都要对供货商零部件使用性能、使用寿命进行评审认定。但是每批产品经过评审后都有次品。孟维的公司认为，这是一个非常大的制造缺陷，再也不能忍气吞声了，总要找一个解决的办法。

徐工决定派孟维和技术人员，带着不合格产品去找这家外协公司协商，看有什么解决的办法。

当孟维一行人来到这家外协公司，双方面谈时，对方明显知道这批产品是有问题的，却不以为然。但是毕竟已经是面对面了，基本的面子还是要给的。对方首先是向孟维求情，说这只是产品的次品而已，短时间内不会影响产品的使用性能，希望孟维放宽要求。孟维向他们表明了自己的态度，坚决回绝——“质量是产品的主动脉，是企业生存发展的生命力，一旦发生质量事故引发了安全事故，那将会毁了整个公司，谁来都兜不住这个重大责任。”这又不是买大白菜，发现一片叶子黄了，碍眼了，剔除就可以，也不影响食用。起重机零部件事关重大，这无疑会给双方都带来巨大的质量安全隐患。

对方见孟维铁面无私，认为孟维是个死脑筋。明明这件事睁只眼闭只眼就能过去，他偏偏咬定不放。最后，软的不行，就来硬的。对方拿出了唯我独尊的态度，认为只有他们才有这个技术，用也得用，不用也得用，反正这个技术掌握在他们手中。

他们态度十分傲慢：“我们就这水平，你们爱用不用。”孟维一听就来火了，回应道：“我们自己干。”

孟维把不合格品带回后，及时在公司开展了两项工艺：一个是刮滚工艺，另一个是珩磨工艺。

孟维找来了外协公司反馈过来的珩磨精度、珩磨效率，他把这些参数与从网上搜到的一些信息做了对比，发现反馈过来的信息与他所了解的信息根本就不相符。但是孟维还是相当慎重，他要做到万无一失。

外协公司不愿提供加工设备，理由是不成熟的工艺路线会对设备有损坏。现在自己就是一个在夹缝中被挤扁的人了，连转身都打不过来了。退也难，进也难。

孟维抬头看天空，天空一片灰白。他低头看脚下，脚下满是泥泞。烫手的山芋在自己的手上，如果解决不了，难道就这样回去交差吗？他开始整宿整宿地盯着天花板。一定要在夹缝中找到出口。

孟维现场讲解操作知识

孟维知道，他需要把心平静下来。生活中要是什么能使他平静，那就是钓鱼了。他开始绑他那十万个鱼钩子了。

“对呀，我需要从其他方向考虑。”孟维突然不再迷茫了。他决定找几家具有相当技术的公司来帮助验证。那时候，苏南的数控加工比苏北的数控加工发展得好。他决定舍近求远。

孟维带着零件从江苏的最北边到了江苏的最南边，他先去苏州的一家公司去做刮滚和珩磨的验证，然后又来到了山东德州的一家公司验证。

汽车里的颠簸，列车上的气味，茫然的眼神，匆忙的脚步，辗转的车轮，背后都是孟维一往无前的勇气。

孟维找到了这些公司后，做了交接。他回到公司等候消息。过了些时日，他收到两家公司反馈过来的数据，数据显示，这个验证数据是可以达到他们生产的技术要求的。孟维终于下了结论：“我们的工艺没有问题，我们完全可以自己干。”

孟维一直绷紧的神经放松了。可是他没有想到的问题是发生在前道工序中的。前道工序给这个部件留的磨量还要有一个基础的圆柱度。珩磨不能变形，虽然说它会有一个微修整的方法，但是它不能做一个大面积的修复，只能在一个很小的范围内修整。

前道工序留给它的圆柱度是2—4丝，孟维最多通过这些设备工艺修复1丝多一点。那还有3丝处在一个危险的边缘。孟维还得去处理上道工序留下的难题。他想到了一个分层剥离的方法。他先做了一个验证。按照原来的方式先固定在他们自己的钻铣床。他按照那位操作师傅现有的分析方法进行了一个加工，又按照自己的方法做了一个加工，最后两个部件做了个对比。结果，无论是自己的方法，还是那位操作师傅的方法，双方做出的部件都不可避免地出现了工件应力释放的过程。这个应力释放导致了工件变形。

但由于操作者预留磨量的范围比较大，圆柱度都变形了。这个变形没有办法彻底消除。它的修复能力非常有限，需要提高上一道磨量来预防工件的变形。于是孟维就想起了分层剥离。一层一层把它剥开，剥一层就给它释放一次，再剥一层就又给它释放一次。就这样把它的圆柱度牢牢地锁定在0.0145毫米的范围内。这样的圆柱度远远够了，因为设备还可以自带小微修复1丝的功能。实际上，孟维去测量的时候在0.01毫米。

这次孟维做了长达半年的测试验证。他做了好几组工件放在那里。每两周就去做一次定期测量。主要观察它有没有应力继续释放，工件有没有变形。

一直持续监测了半年，最终监测结果下来，孟维仔细查看所有的监测数据，原来监测的那个点，还是那个点，原来那个点的数据还是那个数据，没有任何变化。

孟维觉得没有什么问题了，就把这套工艺固化了。

孟维大胆地首次采用了镗削加珩磨的工艺方案，把套筒的圆柱度误差完全控制住了，远远地超过了原先的技术要求。

2018 年，孟维把研制的这些工件送到装配工段时，装配工序的师傅们都没想到这些工件是成功的。他们问，是不是又废掉了。但装配时，他们惊喜地发现这些工件完全符合技术要求。

在很长一段时间里，有的产品需要从国际市场购买，比如原先重型车辆使用的转向节就是需要进口的工件，购买费用又比较高，不买自己又生产不出来。在技术上，落后是要被人家拿捏死的。人家根本就不给你讨价还价的机会。

孟维想，要是能忍一时之气，免百日之忧，那还好

孟维在生产现场检查刀具

说。可是忍一时之气，还得受百日之忧，那就无法忍受了。落后就要挨打，不强大就要被欺压。要是徐工自己能研发出来，就不受制于人了，就可以扬眉吐气了。

孟维由此开始酝酿心中的梦想，尽管这个梦如同一只萤火虫，发出微弱的蓝光，但他的心还是一刻也不能停下。他开始了他的研制。2016 年，孟维召集了团队，他把这个想法和团队成员一说，大家都非常支持。那个时候，团队的力量也开始壮大了，他们像一团火一样聚在了一起，充满了激情与温度。每个人开始了分工合作。转向节是不规则异型结构，给孟维带来了不小的挑战。他们团队使用了几种方案，试制了两轮，但结果都不太理想。公司只能继续从美国格鲁夫公司采购。

2018 年，孟维看着公司无奈的举动，他非常自责。如果一直这样采购下去，对公司不利。他的精神也受到了折磨：“自己经历过多场的竞赛，已获得过这么多的荣誉。这些年，公司也付出不少的代价培养了自己，徐州的劳动模范、江苏的工匠、国家级的技能大师，这些荣誉难道只能是个人的利益吗？我一定要为公司做一些事。”

孟维再次联合团队成员，并请来了技校的老师，共同进行了深入的探讨。他结合自己多年的工作经验，在以前的基础上制定了新的方案。他们要和国内其他厂家合作组成一个智囊库。变“制造”为“智造”。一个人的力量是有限的，大家的智慧是无穷的。经过无数次失败后，他们加工出了一批合格的产品。

后来技术成熟，徐工实现了封闭自制，不需要和其他厂家合作也能独立完成任务。

转向节用国际市场采购品，与徐工自己制造的相比，加工费用大致就是一件 8000 元和 1800 元的区别。想到这个利润差将会在自己的公司里面，推动公司的发展，推动一方经济的发展，孟维是热情澎湃的。

孟维在公司的支持下，自己做，不但扭转了被外国公司拿捏至死的局面，还从委曲求全的进口变为扬眉吐气的出口。他们做出了对外贸易的崭新一页——这个部件后来远销海外，成了国外高端产品。

第十五章 世界第一吊

一个行业的兴起，离不开另一个行业的支撑。

一个新的能源系统正在中国的大地上兴起。风力发电为清洁能源的发展注入了新的力量。据有关媒体报道，2023 年一季度末，全国风电装机容量约 3.8 亿千瓦，同比增长 11.7%。单台风机的功率和尺寸不断增大，考验着配套设备设施的技术要求。这无疑对吊装机械的支撑提出了更高的要求。好几家客户找到了徐工，建议徐工研发更大吨位的起重机。

吊装有了新的使命，机遇与挑战孪生，徐工由此面临着新的研究课题。

据资料记载，1963 年，徐工生产出中国第一台汽车起重机。徐工的前身，可以溯源到 1943 年创建的华兴铁工厂，该厂先后诞生了新中国第一台塔式起重机、汽车起重机、蒸汽式压路机。

2010 年，徐工成功研制出的 ET110 步履式挖掘机，填补了国家空白，并获得国家科技进步奖；QAY800、QAY1000、QAY1200 吨级全地面起重机诞生，这也标志着中国成为继德国和美国之后第三个能研发制造千吨级全地面起重机的国家；2012 年，全球第一救援高度登高平台消防车 DG100 顺利下线。

2013 年，被誉为“世界第一吊”的徐工 4000 吨级（XGC88000）履带起重机首吊成功；2016 年，中国首台隧道挖掘机徐工 XE400T 研制成功；全球最大马力矿用平地机 GR5505 在徐工问世，填补了国内大型矿用平地机的空白。

2018 年，中国首台 700 吨级液压挖掘机下线，这也标志着我国成为世界上继德国、日本、美国之后第四个具备 700 吨级以上液压挖掘机研发制造能力的国家，打破了外资品牌的垄断；徐工推出全球最大吨位水平定向钻机XZ13600；推出全球首台无人驾驶非公路宽体自卸车。

2020年，全球首款混合动力技术的汽车起重机XCT25_EV问世；中国唯一、世界第三的超大吨位电传动轮式装载机徐工XC9350成功下线，被业界称为“神州第一铲”；推出HBC10050V混凝土车载泵创造世界出口压力最大、泵送高度最高纪录；推出全球最大吨位双轮铣槽机XTC180；推出全球最大吨位单臂掘进机XTR8/500。

2021年，徐工推出SQZ7000大吨位折叠臂起重机，创造“中国折臂起重机起重力之最”。

长江后浪推前浪，徐工这次要研发的是与20个超级大轮胎配备的超大轮式全地面的起重机。这高大的轮式全地面起重机的诞生将取代步履维艰的履带式起重机，这是一个全新的技术研发革新。

徐工经过了充分调研后，2021年末启动了史无前例的2600吨级全地面起重机的研发任务。

其实，早在2013年被誉为“世界第一吊”的4000吨级XGC88000履带起重机首吊成功，但履带起重机的行驶受到限制，吊装履带只能运输到工作现场临时组装，吊装完成后又得卸装运输。这无疑给远距离、多频次的操作带来转运不便，致使工作效率低下。这款起重机曾经的功劳，终究因设计缺陷而被收藏在历史的记载中，成为那个年代的历史辉煌。而如今一个新的纪录XCA2600吨级的起重机，正在蓝图上构建着。

XCA2600能吊起2600吨级的物体，是一个巨大的拉力，这是全地面起重机未曾有过的力量。这个力量十分考验起重机臂架上的重载转接结构零部件的强度。

经过了多次的研发、改进，遗憾的是，根据设计图纸生产的第一批零部件却因为现有加工能力无法满足精度要求，在零部件极限试验中未达到设定的性能，发生了断裂。

不因为难就放弃，开弓没有回头箭，必须迎难而上。

徐工把这个任务交给了已经在赛场身经百战，在工作现场久经考验的特级技师孟维。公司领导跟孟维说："我们还是有困难，希望你把这个问题以最小的成本解决好。"

是的，最小的成本，不计成本的研究得不偿失。成本就是效益，这时孟维想到了他平时钓鱼的最节省的一种方法，叫"老六钓法"。这个方法名称的意思就是以六分钱的成本钓起一条大鱼。他想，连钓鱼都是要讲成本的，何况企业。一切都要从细处着手。

孟维和第一代起重机留影

孟维正在操作独立悬架系统

孟维接到任务，刻不容缓，开始调研。他发现，新机型的吊装重量竟然是全球第一，好多设计指标都没有可以参考的经验。虽然在 2019 年他曾经主创的多种起重机核心零部件实现了批量生产，为公司创造了直接经济效益两百多万元。但那是过去的辉煌了，眼前 2600 吨级的起重机研发又是一个新的起步。

面对着 XCA2600 吨级的钢铁巨人，孟维想，如果在职业的道路上，当初，不走出去参加技能竞赛，那么就不会遇到业界的大师，他的技能就不会得到飞速提升。他得把他在竞赛中获得的技能用在这次的世界第一吊中。

XCA2600 吨级的研发带给孟维的压力是一种无形的没有边界的压力。竞赛与实践孰轻孰重，他是明白的。超起的试验既是对他技能的考验，也是对他心理承受力的考验。军令如山，公司的命令就是压在他身上的一座山。

经过数十次的试验，失败，再试验，孟维才有了一个重大的发现，问题的关键出在了沉重部件的一个非标准尺寸的异型螺纹上。这个异型螺纹的精度没有达到要求，螺纹就发生断裂了。

孟维每次看到螺纹，他就想起童年眼中的雕刻，古汉画室里那些人的衣袖。虽然过去很多年了，但是那些人双手恭礼时，宽大衣袖的细褶子就像是挂在两只手臂上的细螺纹的银圈。这服饰之美，透着那些手艺人雕刻的质感美。

螺纹的那种品质气韵总是在他的记忆中，如影随形。

孟维开始从螺纹上考虑，他不断在脑海中推演，现在使用的螺纹的牙型是平直的，压型角度是30度。平直之物易损，太弯也不可取，如果把原来平直的螺纹牙型设计成圆弧的呢？也就是牙型底部和外沿都是圆弧，那它的抗剪切、抗拉力就会增大了。

孟维开始了螺纹设计的各种参数。他要打造一个抗压抗拉2600吨级的梯圆螺纹。这个梯圆螺纹仅凭最初的直观看，似乎是简单的，但从力学的角度来思考，它的结构就很复杂了，它的精度要求也高。每一段螺纹都要承载着均衡的重力、拉力。

想想徐工过去攻克的一道道难关，孟维坚信，过去徐工的老师傅能造的，现在他也能造。

刀具做好了。异型螺纹试验成功了。可是紧接着现场工作的压力也来了。

此时，企业生产进入了一个紧急备货阶段，生产任务紧迫，产量要大大提高。

市场就是生产的动力，质量是产品的主动脉，它维系着企业的生命。企业生产的每个部件，必须按时、保质、保量流入下道工序中。

在这样紧迫的时间里，梯圆螺纹被紧急列入生产中。

企业考虑到，异型螺纹是新产品，它的加工工序难度大，生产要保质保量，担心在生产过程中会突发一些新的并且不容易发现的细小问题。这就要求技术水平高，具有高度责任感、使命感的操作者，在机床前连续坚守三个班，对这个新的梯圆螺纹做好 24 小时连续不间断的观测。哪怕有一点点的瑕疵都不能放过，如果有了瑕疵就要一次否定，必须重新来过。

白天黑夜，坚守岗位，不离机台，这是对操作者体能的考验，也是对新产品性能的检验。

这个操作者，孟维无疑是不二人选。他愿意陪伴着留有他手心温度的新产品，他愿意看着它从磕磕绊绊走向稳定、成熟。他来到了生产现场。在现场，他听机械生产时发出的声音，感知机床振动的强烈。这些细小的物理节奏，已经深入他的内心，他早已把它作为判断加工时正常与否的提醒。朝勤夕垦，百般呵护，他像个待产的亲人，守护着一个即将出生的孩子。

孟维这一站就是 17 个小时。

那是 2022 年 8 月的某一天，他感觉全身酸痛，四肢无力，眼皮沉重，昏昏欲睡。在这个特殊的时期，他意识到自己可能是发高烧了。如果自己病倒了，这项任务不能间断，必须要有人顶上。

孟维把这个工作任务交给了工作室优秀的年轻同事们。等安排好了工作，他就直接回家了。在家里，一测量，他已经烧到了 40℃。他感觉好困，再也撑不住了。他的嘴唇布满了白色的水疱。

在迷迷糊糊中，孟维听到了机器转动的节奏，他看到刀具的旋转，工件的推进，切削液的喷洒。他看到螺纹，这些雕刻精美的螺纹变成了银色的衣袖，一件一件穿在起重机的身上，起重机把长长的手臂伸向了蓝天。随后他看到了，他和他的团队成员站在一起，看着超大起重机开往了远方，所有的物与人全部变成了蓝色，只见这一片蓝色鼓动着、飞翔着。

迷糊中，孟维把脚轻轻一点，双脚一垫，身子从地上腾空而起。这时他醒来了，烧已退。大病初醒，问的第一件事就是超大起重机的试验结果。

康复后，孟维迫切地投入极限测试中。2022 年 9 月 2 日下午，孟维用创新方法打造的异型螺纹，终于成功通过了极限测试。

全球最大吨位，全地面起重机 XCA2600 在测试现场顺利吊起了 173 吨重的砝码，宣告了全球第一吊的首吊成功。接着，超级大轮胎带着 XCA2600 开往了实战场地。

其实早在 2013 年，徐工就上市了一台起重重量可达到 4000 吨的履带式起重机。但是履带式起重机的吊装履带，要到使用现场临时组装，吊装完成后全部拆散，后再用平板车转运，转运到下个工地后再组装使用，效率实在是低下。而这个超级大轮胎起重机，被称为迫轮起重机。为了与它匹配，孟维想，原来的套筒肯定不能用了，肯定要重新设计了。为了解决迫轮起重机的套筒，孟维采用了划分式工艺来完成第一代刀座，解决了套筒的加工。这个套筒加工的过程削边会削得比较大。后来为了改进削边削得比较大的问题，孟维设计了第二代刀座，这把刀座是内孔刀座，它解决了之前不合理的问题。

以前的问题解决了，孟维又看到了一个更大的问题。孟维在加工轮胎套筒的时候，有个问题困惑着他，在工件加工的时候，工件的温度非常高，工件比较干涩，经常发生卡盘的情况，直接造成冷却液中断。冷却液中断，刀具失去了冷却保护，就会导致刀具使用寿命很短。

孟维想，这个刀具断掉，影响工作效率，生产成本也大。这时套筒的加工问题，就像是盘踞在他心里的一个疙瘩，不除去就一直堵在心上。

2016年，孟维开始设计他的第三代套筒加工刀座。这次的刀座是一个全新的理念，他把冷却系统考虑进去了。切削的时候，冷却液不在外部循环，而是在刀座内部循环。但是他刚要动手时，想到这个车床是厂家生产的，要改变车床不太容易，车床也是有设计保护的。这时孟维就联合了车床厂家，把这个使用缺陷反馈给厂家，同时也把自己的设计理念与厂家沟通。厂家一听，感觉这是个非常好的设计理念，于是同意改造。厂家给了孟维很大的支撑，提供了一些基础数据。孟维就这样借助生产厂家的力量，把这个车床改装了，创新了加工方法。

这个创新不但有利于自己，也给机床生产厂带来了很大的利益。生产厂家用孟维设计的方法赚来了最大的一单生意。

当设计成功推广使用后，有人提醒孟维申请设计专利。孟维说：“这不能算是自己的原创。因为在设计过程中，厂家提供了大量的验证知识。”孟维没有申请创新专利，只是贡献了自己的设计理念。

冷却系统在刀座内部不断地把冷却液输送到刀尖上，形成全刀具冷却，提高了刀具的使用寿命，工作效率高了，投入成本降低了，效益就有了。

随着 XCA2600 吨级的全地面起重机问世，这个徐工研发、转场方便的超级大轮如同一座滚动的小房子，成了全地面起重机的快乐家园，欢呼着驶向开工现场。

在山东昌邑风电现场，XCA2600 首次完成陆上最大风力发电机机组的安装。

现场，那些蓝色工装，凝神聚力，仰望着超大吨位的起重机，展开了羽翅，把重达 170 吨的风电机组，举至 100 多米的高度。

吊装成功了，地面响起了掌声。

如果起重机会说话，它会说："致敬制造者，给予我生命，赋予我力量。我的羽翅上，永远留着你们的温度。"

XCA2600 超大起重机轰动业界。因为在 160 米的高度，其他起重机够不到的高度，它够到了；其他起重机举不起的重量，它举起了。

超大吨位 XCA2600 全地面起重机，无论从高度，还是举吊的重量，都实现了新的突破。它成了不少领域不可替代的起重设备。

超大起重机的连接部件采用梯圆螺纹。但因为是异形件，加工难度大。孟维通过研究超大吨位起重机梯圆螺纹车削技术，突破了梯圆螺纹加工从无到有、从有到优的加工难题。生产出的梯圆螺纹，具有强度高、承载力大、不容易断裂等优点，彻底解决了超大吨位梯圆螺纹产能不足的问题。

就在世界第一吊投入风电施工现场之际，全国总工会寻找大国工匠的表格传到了孟维的手中。

2023 年 2 月 28 日，在六朝古都的南京，滚滚春潮把他推向了大国工匠那红色的地毯。光环打在身上的时候，他看到了身后站着的团队：张言乐、李君、冯存欣、张琨、朱宇峰、王亮、董恒超、周聪、王海洋……上空仿佛回响着师父李建国的声音——“孟维，你是对的。”

后　记

导航提示，“当前道路往机场方向驶入”。一周的采访告一段落了，车子在气流声中奔驰着，把路旁的参照物甩在后面。

“讲讲您的爱情故事吧。”我对孟维说。

“我的爱情故事……”

孟维和我讲起了他和他的妻子王宝珠的故事。

一

孟维是王宝珠的组长，在徐工技校上学的第一天，他第一个认识的人就是她。在她家，她排行老四。她上有三个姐姐，下有一个弟弟、一个妹妹。她比孟维大一岁。

我插了一句：“那您也算是近水楼台先得月了。”孟维说：“不是，我们在学校时，并没有谈恋爱，只是很好的同学。”

因为同在一个班，再见到她时，心里格外开心。说笑中，他知道她回家的路刚好和他回家的路是同一条，所以在见到她的第一天，他就对她说：“我们一起走吧。”

放学的时候，他在学校门口等她。她很长时间才出校门，她以为他的一句话只是说说而已，也许一会儿遇到了别的男生，打闹一阵肯定就把这句话抛到九霄云外去了。她当时没把他的话放在心上。当她走到学校大门口，见到他真的在等她时，她对他说：“我以为你早走了呀。”他回她：“说好的，一起走，就要等你一起走。”两个人从徐工技校出来，各骑着一辆自行车，一起走。

从那以后，孟维就和王宝珠放学一起回家，上学一起到学校。那时候，他们俩骑着自行车，走在回家的路上，也没有说要谈恋爱，就是非常要好的同学。有一次，她到他家，他就给她做了个简单的饭菜，可她说这是她吃过的最香的饭菜。直到今天，她还在回味，那是她吃过的最美味的一道菜了。

“还记得您给她第一次做的菜是什么吧？”我问孟维。

“我记得我给她炒了一碗藕。”孟维说。

“佳偶天成。”我不禁脱口而出。关于藕，我想到了这个印在生命中的话语。

转眼毕业了，他们两人都进入了徐工集团工作，分在了同一个分厂同一个工段。那时候上夜班，有的地方正在修建，回家的路不像现在到处都有路灯，彻夜通明，他总是担心她的安全。他对她说：“我们一起走吧。”就这样两个人又约定了一起走。

他的车削工作干得很快，她的个子小，体力也小，活儿做得慢。他每次干完自己的活计，不再是站在门口等她了，而是去帮她干活。干完了她的活儿，两个人一起下班。

有时候，他们两个人趁着休息，就会绕着工厂的道路走，一走就走好几圈。就这样走着，谁都不说话。就这样一起走着，感觉周围的空气都是甜的，每一片叶子都是笑着的。

直到有一天王宝珠父亲的身体出现了问题，病情严重。为了挣钱医治父亲，她就拼命干活。在车间里，她的手在加工那些工件时，磨破了，出了血，也不停下来包扎，还在那儿拼命干，孟维看着就非常心疼。后来他就想，光心疼有什么用，他要去帮她一把。他把自己的活儿干完了，就去帮她完成工作。有时候干完了活儿，他就陪着她去医院探望她的父亲。

我忍不住要打断孟维的话：“以前彼此安好，都不知道要给对方什么，处在困境中了，你反而知道……知道要给她什么了？”

孟维答道：“是的，在困苦的日子中，我才知道我的心在哪里了。我突然就很心疼她。”

后来他就跟她表白。他问她同不同意，她也没有说同意，也没有说不同意。他从小就没有在父母身边长大，一岁

孟维的妻子王宝珠与孟维在同一单位，安保部门的王宝珠（左二）和同事正在工作

后，基本上就是在奶奶家长大的。到了四岁就被送到南京大姨家几年，直到要上小学了才回来，他算是借土养命的人。

那时，他的父母已经各自有了自己的家庭，奶奶去世了，他的家就没有了。他非常想要一个自己的家，在这个家里，有个被他关心的人，有个需要他关心的人。

那时，他什么都没有，没有什么钱财，从经济上来说他是帮不上她的，所以，这事就一直没勇气再提起过。但是他一想到她，就忍不住要去关心她。

他们俩彼此没有承诺，一如既往地一起走。他们俩彼此关心、陪伴，胜过了千言万语，他感觉他们的心是在一起的。那时他没有落脚的地方。他想，要娶她就要给她依靠。他狠下心，贷款买了一套商品房。在新家里，除了单位发给他的一个微波炉，连双碗筷都没有，他们就用这个微波炉煎炸蒸煮，一个微波炉就是一个厨房，就是两个人的生活。这个微波炉烹饪着他们的新生活。

二

到了该结婚的年龄，王宝珠的父亲对孟维说：“你也该成家立业了，不能一直这么耗着。”他很惭愧地说：“我愿意结婚，只是我现在还没有攒够钱，一分钱的彩礼都拿不出来。”

孟维一分钱的彩礼都拿不出来，反而是他老婆拿出钱来把这个婚礼办了，那个时候所有的婚礼都是他岳父家在操办，包括他这边的事。因为孟维的父母都各自有了自己的家庭。母亲来了，父亲就不愿意来，父亲来了母亲就不愿意来。整个婚礼就办得非常潦草，总共只有四桌人，都是他的同学和同事。

他当时也没有给他老婆置办首饰，除了贷款的房子，唯一的财产就是一辆两冲程踏板摩托车。他老婆的收入也要帮补他们的家用，日子过得非常紧巴。

他们俩结婚之后过得很艰辛。就为了挣钱维持这个家，他老婆怀了宝宝也不请假，干活的时候，手受伤了还要不停地干活，也不请假，他看了心特别疼。所以他也拼命干活养家。

三

到了2010年，孟维在公司干得非常出色，获得了市级的、省级的技术能手，拿了全国数控大赛省级第一，五一劳动奖章，公司的、集团的标兵，先进工作者等荣誉。他们家经济的压力逐渐减小了，他们重新买了一套新房子，就是现在住着的房子，他老婆想买的喜欢的东西他都能给她买了。

他老婆后来岗位调整到了安保部门。到了新岗位，她还是那么拼。现在还是个工作狂，他知道的，像今天，发高烧了也不请假，她说她离不开她的岗位。企业的参观路线要她来确认，她得保证万无一失。一年三百六十五天她都在岗位上，也不请假。这么多年，他们基本就没有一起出去旅游过，越是节假日，越是不离岗位。

有一次去广西出差，他同事问他："听说桂林的山水很美。"他就脱口而出："我老婆都没有去过的地方，有什么美的。"

四

孟维的妻子王宝珠曾开着巡逻车，带着我全厂走了一圈。她每到一个门岗，门岗的同志都要问她好。她向那些清洁的女工问好，向餐厅里的服务员问好。她对我说："我们企业管理很严，您不要拍照，我带着您从习近平总书记走过的路线走一圈。"

那天我们用了一个上午，走过了装配现场，穿过了制造车间，参观了大国制造的展板，看到了那些整装待发的重型车辆——它们即将发往全国各地、海外市场。

在工厂的一角，我看到一排排的轮式炮管上带着大红花。我心里一惊，王宝珠说，那是用来欢送出厂车辆的礼炮车，因为有一批车辆即将发往远方。

我们边走边聊，王宝珠问我看过《流浪地球》没有，不等我回复，她就说，在《流浪地球》里，徐工集团给地球联合政府提供了工程机械设备。

2023年2月28日，江苏南京，大国工匠发布仪式现场，孟维手捧大国工匠奖杯站在领奖台上

我回过神来，又问了孟维一个问题：

“您想过没有，每个人都有自然衰老的那一天，到那时您该怎么办？”

对此，孟维却回答了一个自然生命长度以外的问题：“所以，我得趁着脑袋还活络的时候，开启我的第三个十年——多做点事，把团队带好。等退休了，我跟随我们游吊全球的重型起重机，开着我的房车游钓世界。别忘了，我的十万个鱼钩还一直等着我呢。”

那些橙色的、红色的、军绿色的起重机在我的脑海里，它们给我传递了一种特有的信息。

“假如，现在国家有着某种特殊的需要，您会以什么样的方式出现？”我问孟维。

“我会以国家需要的任何方式出现。”孟维回答。

“请继续在自己的轨道中稳步前行。”系统导航。

车在气流声中前行着……

付昌惠

2024 年 2 月